舟山市文艺精品创作扶持项目

舟山群岛

姚碧波 著

陕西新华出版
太白文艺出版社·西安

图书在版编目（CIP）数据

舟山群岛 / 姚碧波著. -- 西安：太白文艺出版社，2025. 1. -- ISBN 978-7-5513-2910-1

Ⅰ. I227

中国国家版本馆CIP数据核字第20254MR577号

舟山群岛
ZHOUSHAN QUNDAO

作　　者	姚碧波
责任编辑	张　曦
封面设计	悟阅文化
版式设计	悟阅文化
出版发行	太白文艺出版社
经　　销	新华书店
印　　刷	成都市兴雅致印务有限责任公司
开　　本	880mm×1230mm　1/32
字　　数	130千字
印　　张	6
版　　次	2025年1月第1版
印　　次	2025年1月第1次印刷
书　　号	ISBN 978-7-5513-2910-1
定　　价	36.00元

版权所有　翻印必究
如有印装质量问题，可寄出版社印制部调换
联系电话：029-81206800
出版社地址：西安市曲江新区登高路1388号（邮编：710061）
营销中心电话：029-87277748　029-87217872

谨以此书献给舟山解放75周年

目录 CONTENTS

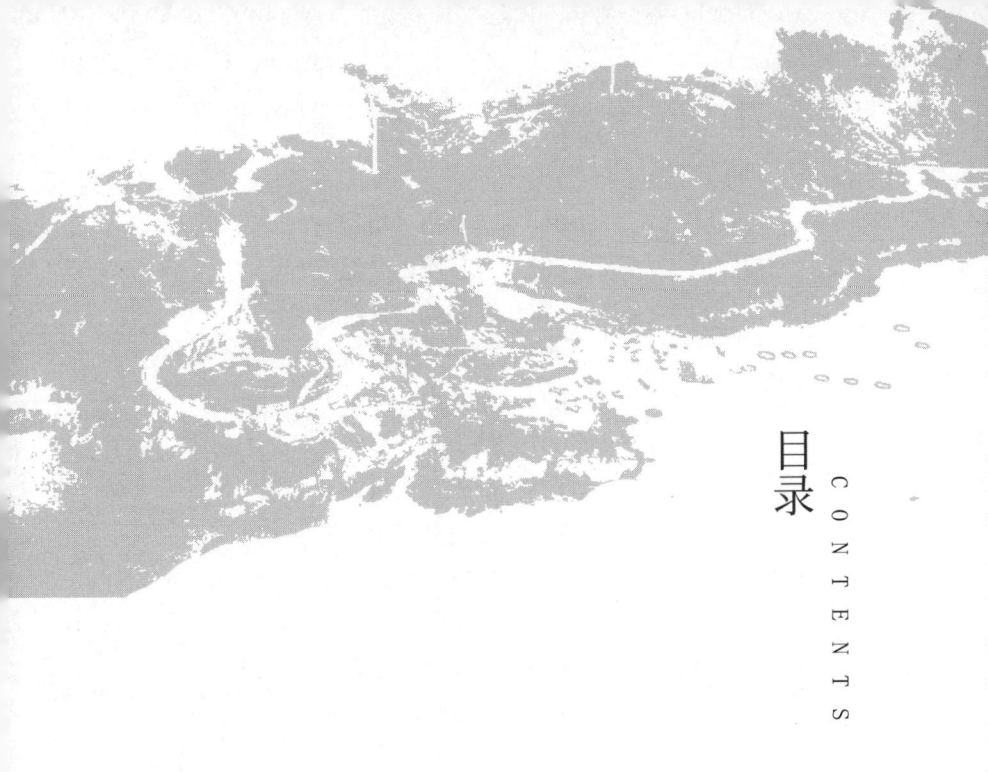

群岛颂

003　舟山群岛

岛屿志

017　小岛你好（组诗）
　　　——写给舟山市海岛共富行动首批11个示范岛
026　小岛你好（组诗）
　　　——写给舟山市海岛共富行动第二批6个示范岛
034　定海南部诸岛（组诗）
044　在六横（组诗）
052　在金塘（组诗）

060　在衢山（组诗）
065　在普陀山（组诗）
077　在朱家尖（组诗）
085　在长涂（组诗）
093　在洋山（组诗）
097　岱山岛（组诗）
101　泗礁岛（组诗）
105　桃花岛（组诗）
109　虾峙岛（组诗）
115　蚂蚁岛（组诗）
118　登步岛（组诗）
121　鲁家峙岛（组诗）
125　小干岛（组诗）
128　长峙岛（组诗）
132　长白岛（组诗）
135　岙山岛
137　册子岛
138　里钓山岛
139　富翅岛
140　五峙山鸟岛
141　马峙岛
142　黄兴岛
144　西闪岛
145　莲花岛
146　鱼山岛
147　大峧山岛
148　官山岛
149　花鸟岛

151　绿华岛
152　壁下岛
154　浪岗中块岛

灯塔赋

157　花鸟山灯塔
159　白节山灯塔
162　鱼腥脑岛灯塔
163　洛迦山灯塔
165　东亭山灯塔
167　下三星灯塔
169　小龟山灯塔
170　太平山灯塔
172　唐脑山灯塔
173　半洋礁灯塔

175　**后记**

群岛颂

看,苍茫的大海上,蔚蓝蔓延开来,一望无际
那里风生水起,波涛汹涌,浪卷云飞,激荡起海洋强国的梦想
期待着更多的弄潮儿前去追逐,前去征服
我要拥抱蓝土地,拥抱海洋,我要去远航
要把风帆高高地挂起,在大海上,要用刚劲有力的臂膀
搏击风浪,让粗犷的海风来敲打我
在大海起伏的胸膛上,开辟出一条蓝色的水道

——《舟山群岛》

群岛颂

舟山群岛

"我喜欢海边,喜欢海岛,尤其喜欢舟山。"
——2015年5月25日,习近平总书记在浙江舟山考察时深情地说

一

秋天,我站在群岛这艘巨轮的船头
带着骄傲和一颗勇敢的心,迎风远眺
目光所及,苍穹碧蓝,大海浩渺,岛屿遍布,青山如黛
空气清新,船舶如云,楼宇高耸,道路宽阔,车水马龙
这就是我的波浪家园——东海之滨独一无二的舟山群岛
在晨曦,在午间,在傍晚,我们每天穿梭在群岛上
也许你是司机、警察、教师、电焊工、烹调师、个体工商户
也许你是农民、船员、服务员、理发师、修理工、建筑工人
身份不一,但目标一致,信念如高高飘扬的旗帜
在群岛上辛勤劳作,像蜜蜂寻找花朵,采撷甜蜜
那些在田间、在作坊、在码头、在渔船劳作的人们
那些在车间、在工地、在学校、在机关奋斗的人们
他们都是我的兄弟姐妹,为生活奔波,为梦想拼搏
希望总在前方,他们付出热情,洒下汗水
在每一个日子里,心怀感恩,把生命一点一点地融进群岛

二

岁月静好。行走在群岛上,在每一个清晨
我要向迎面走来的每一个人,说声:"你好,早安!"
海洋季风从浩瀚的太平洋而来,在巨兽的轮回间
海洋暖流,带来了大洋的温暖、宽厚和包容
养育鱼群,滋润群岛,给群岛插上飞翔的翅膀
无数鸥鸟出没的家园,绿树掩映,鸟啼恰恰,花团锦簇
在明亮的太阳下,在每一缕阳光中,我想倾注所有
让爱成为群岛的主旋律,这是包容人世间所有的爱
让翠绿像满天的星光,洒满群岛上的每一寸土地
我要光着脚丫,在群岛上奔跑,自由自在地
让一串串脚印像春天的音符,轻轻响起
让远方的大海,把我和群岛上的人们高高地举起
在驶向远方的航程中,向着太阳升起的方向
向着光明,让每一片土地都涂上金黄色
让群岛犹如青年,充满生机蓬勃的力量和希望

三

蓝色簇拥着群岛,这浩浩荡荡的水,以浪花追逐岸堤的方式
从远古而来。水是大海的血液,岛是大海的骨骼
我们生活在大海的骨骼上,感受着大海带给我们的一切
海水的中央是我的群岛,那里有山脉、丘陵和平原
有散发着现代气息的城市,有错落有致的美丽乡村

土地是根,那里种植着稻谷、蔬菜、瓜果
浇灌它们的水,我知道,也是来自大海深处的
雨水,让生命得以延续,让种子生根发芽
那些流经村庄的河流,继续守望着堤岸的古老和宁静
就像鸟儿,每天守望着天空,为的是随时能够飞翔
我在群山之巅,背靠大山,席地而坐,静观大海
此时,星罗棋布的岛屿就像大海上一块块巨大的石头
成群的鱼,在无边无际的玻璃中,在我看不到的地方
展开令旗般美丽的翅,穿越珊瑚礁或晶莹的广场
蓝色水道上,天籁在亿万朵浪花绽放时鸣响

四

风和日丽。岛屿像朵朵莲花,吉祥如斯。在这背后
是从5000年前新石器时代走来的群岛,她曾饱受苦难和外族的欺凌
明清两次禁海、迁徙,多少人背井离乡,让家园荒芜
480多年前,倭寇开着海盗船,手持刀枪,抢劫、烧杀
海岛的宁静被打破,灾难像一把剑,悬在岛上民众的头上
一场场海战,刀光剑影,血肉横飞
鸦片战争爆发后,1840年7月和1841年9月英国侵略者两次进犯定海
第二次定海保卫战,守城官兵在竹山、晓峰岭、东岳山,与英军展开殊死决战
血战六昼夜,何其悲壮,三总后同日殉国,5800将士流尽最后一滴血

凶残的日寇曾让这里黑云压城，不屈的舟山儿女从未停止过抗争

1949年10月，新中国成立，从战火硝烟中走来了人民解放军

英勇向前，激战金塘岛，速战桃花岛，血战登步岛，浴血奋战，历经生死

红旗插遍舟山群岛，让炊烟重新袅袅升起，让每个人拥有向日葵般的笑容

当我透过尘封的历史，见证着一个用血肉之躯换来的真理——

只有国强民富，只有身处盛世，才能享受美好的生活

五

2085座岛屿，2.2万平方公里海陆面积，如此庞大

在素有世界景观线之称的北纬30°线上，群岛格外耀眼

我要以船为马，穿过万顷碧波，抵达一座座翡翠般的岛屿

岱山、六横、泗礁、衢山、普陀山、桃花、虾峙、花鸟、枸杞、庙子湖……

每一座岛屿都充满活力、独具韵味，像一颗颗马氏贝中的海珍珠

璀璨夺目，纯洁高雅，内涵深邃，让人多么想驻足观看

在城市，在乡村，在海岛，我要看着人们从容地走在路上

他们沐浴着阳光，为群岛的沧桑巨变，为群岛的今天而欢呼

我知道，我站立的地方，到处都是自然和谐、幸福吉祥

的景象

　　友善的人们，整洁的道路，挂满枝头的瓜果，山上奔跑的羊群

　　这是属于每一个舟山人的群岛，是诞生鱼、盐和太阳的群岛

　　是富饶的群岛，在辽阔雄壮的背景下，蕴含着无所不能的强大

　　可以抵挡风暴，可以在黑暗中如灯塔之光照亮航行的方向

　　人们已经习惯和波浪相安无事，在岛上安居乐业，繁衍生息

　　在巩固家园的过程中，像守望岛屿那样，让眷恋和爱贯串一生

六

　　在这里，我要歌颂蚂蚁岛，歌颂像一只蚂蚁一样爬行在东海上的蚂蚁岛

　　蚂蚁建巢穴觅食物，搬运重物，能把最硬的骨头一块块地啃下来

　　我知道，蚂蚁岛人有着蚂蚁般的品性，心怀激情，洒下热血

　　自力更生，艰苦创业，搓草绳，织渔网，围海造田，造大船捕鱼

　　在波涛汹涌的海上，一个个堡垒被攻破，一个个奇迹被创造

　　20世纪五六十年代，草绳船、火熄船，成为蚂蚁岛的时

代风骨，成为全国渔区的一面旗帜

　　蚂蚁岛精神吸引着更多的人慕名前来瞻仰

　　我也要歌颂南洞，这个古老的小山村，在新世纪迎来了美丽蝶变

　　村庄明净、古朴，白墙黛瓦，小桥流水，亭台楼阁，还有一列绿皮火车

　　这里的人们，有着小草般的坚毅，积极投身新农村建设，让我心怀敬意

　　美丽中国要靠美丽乡村打基础，总书记的话是旗帜，是方向

　　南洞只是美丽中国的一块基石，我知道，这块基石

　　在一个叫阿红的书记的带领下，以美丽经济为桩头，正越打越牢

　　蚂蚁岛和南洞，群岛上的两个点，只是舟山精神的一个缩影

　　勇立潮头，海纳百川，同舟共济，求真务实，我们在努力践行着

七

　　群岛成于海，也受制于海。千百年来，大海阻碍了我们的出行

　　岛屿与岛屿，岛屿与大陆，这无法跨越的天堑，成为舟山人的心头之痛

　　以海为路，以舟为楫，非舟楫不可往来。遇着大风天，只能"望洋兴叹"

要造桥，要造更多的桥，把岛屿与岛屿相连，把岛屿与大陆相连

思路决定出路。那就逢山开路，遇水搭桥，勇往直前

从朱家尖海峡大桥，到舟山跨海大桥，再到甬舟铁路

成千上万的建设者，坚韧不拔，奋斗着，付出无数的艰辛和血汗

如今，20多座建成的大桥如巨龙卧海，给群岛以新生

如果可能，我要把建设者的名字汇编成册，放在大桥展览馆里

在时间的深处，我相信，只要肯付出，精美的石头会唱歌

就像造大桥，天堑变通途，梦想成真。一座座大桥穿山越海

让道路四通八达，让人民共享便利，让城市跨越式发展

舟山跨海大桥让舟山进入半岛时代，甬舟铁路将为舟山迎来高铁时代

我们还有更大的梦想——建造北向大通道，与上海连成一线

此时，群山在欢呼，大海在舞蹈，舟山的明天比明媚的阳光更明媚

八

1919年，孙中山先生提出建设东方大港。这是中国民主革命伟大先驱的雄伟设想

曾经古老的海上丝绸之路从舟山经过，把东西方文明联结起来

500多年前的双屿港，据说是亚洲最大、最繁华的自由贸易港

云集了来自欧、亚、非各国的商人,延续着海上丝绸之路的辉煌

舟山,我国大陆海岸线中部的明珠,长江的龙眼,港口水深条件世所罕见

紫气东来,开发开放。从1987年开港起步,到2005年宁波港、舟山港强强联手——宁波舟山港出世

开阔的水道上,各国巨轮每天在港域里进进出出,穿梭不停

运来原油、矿砂、煤炭和粮油等,运走装着各种货物的集装箱

泊位众多并在不断延伸,塔吊林立,货物满堆,作业区夜间灯火通明

5万、10万、20万、30万、40万……靠泊船舶的吨位在不断升级

航线航班密集,300多条航线连接着200多个国家和地区的600多个港口

宁波舟山港货物吞吐量连续15年居全球第一,13.24亿吨是2023年的数据

洋山港集装箱吞吐量2023年超2500万标箱,又一次刷新历史纪录

宁波舟山港、洋山港成为中国经济的晴雨表,让全世界瞩目

东方大港已崛起,推进高质量共建"一带一路",将担负起更大的光荣与梦想

九

  大海孕育了生命,岛屿繁衍了文明。那些来自远方的浪潮带来了新奇的文明
  让我们能够拥有繁荣的历史,又将我们的文明带向远方
  靠海吃海。从古至今,海岛、海洋,早已深深地融入群岛的血脉之中
  经略海洋,需要大气魄、大格局、大谋略。当新一轮蓝色大潮涌来时
  我看到群岛龙头高昂,城港互动,山呼海应,这是前所未有、史诗般的壮举
  从海洋经济起步,发展临港工业、港口物流、海洋旅游、现代渔业
  到浙江舟山群岛新区设立,这国家级新区,为加快群岛崛起增添了核心动力
  再到江海联运中心建设,开启万吨级货船通江达海新征程,服务长江经济带
  再到浙江自由贸易试验区建设,全力打造"一中心三基地一示范区"[①]
  系列国家战略落地,演奏一部部华彩乐章,描绘一幅幅壮丽画卷
  在大海,在城镇,在村落,在山峰,我无时无刻不感受着群岛的跳动
  感受着群岛旺盛的生命力,感受着群岛神秘的辽阔和蕴藏的无限潜力
  以海为魂,因海而兴。海洋,是舟山的希望所在、潜力所在、优势所在

一路赶海，舟山已成为打造海上浙江的桥头堡，成为全国海洋经济的蓝色样板

海洋让我们与世界交融，连接起一条通向未来的繁荣富强之路

十

生活在大海之中，群岛之上，今生注定与群岛连在一起

我要用群岛的名字来取暖，作为群岛芸芸众生中的一员

我的一切都是群岛赐予的，我要把生命毫无保留地奉献给群岛

看，苍茫的大海上，蔚蓝蔓延开来，一望无际

那里风生水起，波涛汹涌，浪卷云飞，激荡起海洋强国的梦想

期待着更多的弄潮儿前去追逐，前去征服

我要拥抱蓝土地，拥抱海洋，我要去远航

要把风帆高高地挂起，在大海上，要用刚劲有力的臂膀搏击风浪，让粗犷的海风来敲打我

在大海起伏的胸膛上，开辟出一条蓝色的水道

信念就像不死鸟，就像追日的夸父、填海的精卫

即使遇到再大的风暴，我也要百折不挠，向着深蓝全力前进

让每一道波峰都燃烧起激情，让每一朵浪花都来礼赞时代的奋斗者

黎明时分，让万丈光芒照亮我们建设现代海洋城市前行的方向

让我们一起开着群岛这艘巨轮，劈波斩浪，驶向深蓝和未来

注：①"一中心三基地一示范区"，"一中心"即国际油品交易中心，"三基地"即国际海事服务基地、国际油品储运基地、国际石化基地，"一示范区"即大宗商品跨境贸易人民币国际化示范区。

2021年10月21日初稿
2024年4月20日修订

岛屿志

白白的,满山坡都是白色的石头
远远的,像是白云齐聚在山谷里
山谷狭窄得如贻贝打开时的那条缝
村庄就在这条缝上,用石头垒成
石屋上方,是满山坡的大小石头
哪怕再大的风雨,哪怕历经千年
石头固守家园,保持着原来的姿势

——《东福山岛》

小岛你好（组诗）
——写给舟山市海岛共富行动首批11个示范岛

东岠岛

海洋，岛屿，云朵，草木，露营
这是群岛之上，我梦想的诗意生活
在东岠岛，我终于停下了奔波的脚步

这是一幅海山的立体画卷，在秋日
带着海的气度、山的韵味和露营地的浪漫
打开着，让我有足够的时间来抒情

山高恬静，连飞鸟掠过也是轻轻地
远处的城市和岛屿，在旷野内变得小了
人间的欲望随风远去，时间也在慢下来

风光无限，我要把自己交出来
在清风中洗净身心，放下该放下的
就像这里的万物，被灿烂的阳光覆盖

庙子湖岛

庙子湖不是湖,是东海上的一座岛
岛上没有湖,更没有一条河流
有的是海,是浩瀚的海,无边无际
在岛的四周,宁静或咆哮着

大海的奔腾,与生命的河流交汇
呼啸的浪潮,在渔民胸中激荡着
那是勇敢者的游戏,向海而生
出发,披荆斩棘,去劈开大海的胸膛

这宽广的蓝土地,死亡像野兽般潜伏着
风暴、暗礁、沉船,以及海底的渔网、铁锚
远离这些,需要渔民终生与大海搏击
让死神在无人的地方,独自窥视着

出海的渔民,消失在远方的海平线
那极致的蓝,让我体悟到大海的深邃
在大海边,即使你两手空空
你也能胸怀宽广而博大

在渔民的眼里,海不是海,海是湖
有时如莲花,有时如魔鬼
像追逐鱼群那样,让人爱恨交加
直把生命的河流融入大海的激荡中

东福山岛

这里不属于大海,而是属于石头部落
哪怕东福山就在茫茫的大海上

白白的,满山坡都是白色的石头
远远的,像是白云齐聚在山谷里
山谷狭窄得如贻贝打开时的那条缝
村庄就在这条缝上,用石头垒成
石屋上方,是满山坡的大小石头
哪怕再大的风雨,哪怕历经千年
石头固守家园,保持着原来的姿势
我知道,这里的石头是有灵性的
石头与石屋是兄弟,需要相依相存

在岛上,每一块石头都是一个生命
它们一直在生长,内心坚毅
容得下寂寞和清苦,与世无争
它们卑微、质朴,像岛上的人们
这里的石头也见证过死亡
后山一座座坟墓,有着累累白骨
石头的心是硬的,把悲伤收起来
以自己的躯体阻挡风暴的洗劫
让石屋感受到来自石头的温度

在岛上守着石头,和大海相伴
人们早已习惯生死相依

白沙岛

站在岛东侧的观日台，视野追随着大海
没有边际，蓝色是主旋律
就像8月的天空，大海上奔腾着万马

石斑鱼、黑鲷在岛礁间悠游着
虎头鱼、鲈鱼在水道里穿梭着
更多的鱼在海里，这些需要想象来填补

那些黄螺、马蹄螺、贻贝、佛手螺
正潜伏海中
酝酿着不为人知的秘密

浪花打在礁石上，无数的白，格外耀眼
海风吹向峭壁，又吹过岛屿
在玻璃之上，向着远方的苍茫而去

此时，我想在洋鞍渔场的岛礁上
在鱼的故乡，垂钓大海
任时间放大，看夕阳落在海的西边

葫芦岛

葫芦岛上长有葫芦，这让人心生欢喜
葫芦挂在藤蔓上，青翠，拳头大小

"我们的孩子们,又回来了!"
几个苍老的声音带着欣喜,奔走相告
搭起架子,每天浇水,让藤蔓郁郁葱葱
期待每一条藤蔓上,长出葫芦七兄弟
岛上有一千条葫芦藤,就能长出一万个葫芦
有了一万个葫芦,就能有更多的葫芦
开花结果,葫芦越生长,内涵越丰富
岛民守着葫芦,守着那些不断生长的喜悦

每一个葫芦上,都停留着一缕阳光
每一个葫芦里,都蕴藏着一个梦想

蚂蚁岛

一只蚂蚁从东海上爬出
要高过汹涌的波涛
这需要多大的力量

等我上岛后发现
这里的人们有着蚂蚁的拼劲
勤奋,爱劳动,爱啃硬骨头

他们与海斗,与地斗
造大船捕鱼,筑海塘围田
开垦荒山,植树造林

多少事物被血肉之躯所征服
人民公社横空出世
让红色基因种子般根植小岛

半个多世纪的艰苦创业
蚂蚁岛精神
铸就新时代的火炬

很多人来到岛上
不是为了见证蚂蚁岛的今天
而是想重温激情燃烧的岁月

小长涂岛

在小长涂岛,我喜欢坐在海边
坐在码头或岸堤上,看海
让内心保持平静,如同这里的时光

这里的岛,这里的云,这里的鱼
这里的船,这里的鸥鸟
都是真实的,似乎触手可及

岛是海的儿子,我是岛的儿子
我把这海边的风景当成亲人
他们给我以慰藉,以愉悦

我坐在海边,一动不动
让灵魂跟着风,去追随
奔腾的潮流,抵达更远的远方

嵊山岛

向东是大海,没有比这里更苍茫的了
在嵊山岛,我坐在东崖绝壁上看日出

红日在我的眺望中升起,火红火红的
跃出大海的那一瞬,鲜嫩的,湿漉漉的

天空镀满金黄,光芒如此饱满和无限
红日通透,不管哪个方向都能照耀

那磅礴的力量,有着人间至高的信仰
令万物膜拜,梦想拥有向上的力量

神张开金色的翅膀,浩浩荡荡奔向人间
万物被唤醒,高山与峡谷的鸿沟被填满

阳光正穿过我的身体,悄然无声
在这里,拥有比大海更壮阔的美

枸杞岛

这么多黑色精灵,在枸杞岛,在海水中
在万亩牧场里,把自己美丽的身体打开
与黑色外壳对立的,是纯洁的白
那么柔软,就像古代待字闺中的美女
风姿绰约,风情万种,此时阳光金色的翅膀
在海面上,像飞翔的鸥鸟

在枸杞岛,我想深入海中,在这片海域
安家,做这些东海美少女的邻居
我要把最美的娶来当新娘,在这蓝色的海域
随着潮流,和黑精灵们一起舞蹈,昼夜间
看鱼群在四周游着,在黑精灵们吐故纳新中
等待成长,让太阳每天挂在万亩牧场的上空

黄龙岛

我喜欢黄龙岛,喜欢这个海上的石头城堡
喜欢因地形像蟹的大钳而得名的峙岙渔村
喜欢码头边渔船林立,喜欢渔民在船上忙碌
喜欢渔家人在晒制鱼鲞,喜欢岛上的石头
喜欢海边嶙峋的礁石向上生长着
喜欢石材石景石路石板石阶石桥石坎
喜欢石村石墙石门石窗石条石桌石凳
喜欢石屋依山而建,爬山虎似的吸在山坡上

喜欢它们前后紧挨得可以相互递烟点火
喜欢街道逼仄到只能容一两人同时通过

我喜欢台风过后,黄龙岛像一块石头
站立在海上,讲述石头垒成岛屿的故事

金鸡山岛

从地图上看犹如一只金鸡,孤零零的
千百年来,大海是唯一相依为命的亲人
人们会在风暴的间隙中,去闯海闹海

那些浪满天,那些木帆船云集,那些鱼满舱
甚至鲨鱼破网而逃,大鲸冲上海滩
岛屿的沧桑和骄傲,像翻过去的日历

金平大桥像是金鸡山长出的一只脚
使岛屿以金鸡独立的姿势,站了起来
可以拥有更多的期待,把目光投向更远

那些翻卷的浪花里,深藏着人间情暖
只要骨子里铭刻着大海的涛声,留着盐的咸味
人们还是会把生命交付给大海,义无反顾

2022 年 8 月 24 日—2024 年 1 月 18 日

小岛你好（组诗）
——写给舟山市海岛共富行动第二批6个示范岛

青浜岛

在青浜岛看海
这一片海一定是舟山群岛中最美的
湛蓝湛蓝，有着丝绸般的柔软

海在海的远方，风吹在风中
只有在这无尽的虚空中
才能感知海的博大和宁静

海湾依偎着岛屿，像孩子依偎着母亲
喧嚣，是船上机器划过海湾上空的回响
那是近海作业的渔民拢洋了

小小的岛屿，在无限的辽阔里
每天接受着海浪的拍打
海风的吹拂，只有礁石保持缄默

82年前，渔民冒着生命危险
营救"里斯本丸"号上384名英军战俘

已成为人民心中永存的纪念碑

岛上风光迷人，民宿业的蓬勃兴起
让层层叠叠的石屋
插上飞翔的翅膀，如蝴蝶般色彩斑斓

明天起个早，爬上高高的山顶
去看日出，看火红的太阳
如何跃出东海

柴山岛

这么多的草木占据着山头
让我想起了因柴草多而得名的典故
只是如今柴草已没人砍了

走在岛上，没有渔歌号子
只有依山面海的房屋
让人回想起渔村曾经的繁华

两口古井的水清澈，水声叮咚
一棵百年柏树枝叶茂盛，庇护着古井
这生命之源，让岛民繁衍生息

在打开的时光深处
岛屿的孤独是天生的

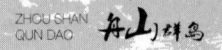

就像大海的孤独,连怒涛也难以驱赶

留守在岛上的人们
早已习惯在波浪家园上
安分守己,平静地度过一生

岛屿在古老的月亮下依旧沉默
只有日出时的万丈光芒
才能穿越苍茫的大海

如今,艺术度假岛的打造
让这座小岛得以复活
成为值得期盼的创新之举

秀山岛

秀山镶在海中,呈心形
我是和海风一起上岛的
那满山的植被都被海风吹绿了

行走在岛上,时光的大门被打开
万物呈现最真实的模样
清秀的山、瘦秀的水,宁静而纯粹

连绵的沙滩,让人一见倾心
那是岛屿和大海孕育的精灵

在浪花的守候中,弹奏着美丽的音符

作为泥岛,在滑泥主题公园里
每个人都想成为快乐的泥人
用心享受自然的野趣,体验泥的灵性

坐在河岸上,我与湿地公园对视着
一滴水、一只鸟、一棵树、一株草
这些天地间的亮色,都能触及我的灵魂

厉家古宅仍在一片残垣断壁间
瞻望间,想起180多年前的厉志①
那是兰秀文化的一面旗帜,是秀山的骄傲

"兰山摇动秀山舞,小白桃花半吞吐"②
在岛上,我默念着苏东坡的诗句
像咀嚼着一颗青果,回味无穷

注:①厉志,清代中期诗人、画家,有《白华山人诗抄》传世。厉志的诗作和书画有极高的艺术价值,当时与镇海姚燮、临海傅濂齐名,有"浙东三海"之称。

②苏东坡在《送冯判官之昌国》一诗中写道:"兰山摇动秀山舞,小白桃花半吞吐。"豪放的诗句,将秀山留在了宋代大文豪的诗篇中,流传至今。

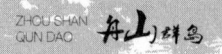

江南山岛

江南山，容易让人浮想联翩
古诗中，对江南有过太多的描写
那是我梦中反复出现的岛屿

一座小小的岛屿，与高亭隔海相望
作为渔村，延续着百年不变的传统
也承受着渔业衰退带来的阵痛

江南大桥、官山大桥，两桥架东西
江南山不再是孤岛了
成为连接岱山岛与官山、秀山的要道

看花海望大海，帐篷露营观星星
与江南山相连的牛轭山公园
点亮了岱山东南部的美丽经济

美丽渔港未来社区的建造
让江南山发生嬗变
一座现代化渔村将成为海岛样板

我想在岛上种下一万株桃树
等下一个春天，春风吹来
桃花舞动枝头，江南一派好风光

这个春天，我想坐在渔港边

看蓝色的港湾
那些出海的渔船,像鸥鸟归来

大鹏岛

这折翼的大鹏,在海水的包围中
承受着巨大的苦难
在阵痛中,期待着再度"飞兮振八裔"

这个岛屿,从我的第一声啼哭起
就和我紧紧相连,无论我走到哪里
身体里装载着的是思念和故乡的山水

古村、古宅、古建、古迹
花草、河流、水井、滩涂、渔船
这些构成我温柔的乡村生活

先民们从近海近岸耕海牧渔开始
发展航运业,走向更广阔的海洋
成就了船商云集、贸易繁盛的财富之岛

穿过岛屿古朴而又苍老的容颜
在时代的变迁中
我看到的是史海沉浮和无尽的落寞

当春风劲吹,大鹏到了展翅海天之时

建设跨海大桥，打造古村漫岛
"海上周庄"①将开启一段新的故事

我要躺在大鹏岛的土地上
倾听泥土发出的呼唤
像祖辈那样，把音容隐没在庄稼中

注：①大鹏岛被誉为"海上周庄"，是浙东海岛地区清末民初老建筑保留最完整的村落，2012年列入第四批省级历史文化名村，2016年入选第四批中国传统村落。

悬山岛

一座狭长的岛屿，千百年来
在海上修行着，像人在世间修行
修的是自己的内心，是开悟

岛上的草木、泥土、石头、井水
以及依岛而生的人们
拥有着和岛屿相同的灵魂

张苍水①被捕前曾在岛上结茅隐居
360年前的那一段悲壮传奇
成为悬山岛历史的一部分

我曾到过最东面的铜锣甩

也沿着海岸步行至最西面的马跳头
为的是找寻岛民生生不息的信念

从舟楫重重、人声鼎沸到人去楼空
岛屿的骨架，就像悬崖峭壁
哪怕颓败、荒凉，也都从容屹立着

当"小岛你好"的浪潮涌来
依托绝壁、怪礁、岩洞、海滩、绿树
打造探险乐园，成为新的方向

我愿意做个渔者，归隐岛上
捕鱼、喝酒、栖息，一辈子守着
沉默的岛屿和无数的蓝精灵

注：①张苍水，名煌言，号苍水，浙江鄞县（今宁波市鄞州区）人，南明将领，诗人，文学家。悬山岛系张苍水蒙难地，岛上至今还留有他的遗迹。

2024年3月5日—2024年3月21日

定海南部诸岛（组诗）

盘峙岛

黎明时分，岛屿在平铺直叙中醒来
来自东海的水声四起，风带着海的激情
从遥远的地方吹来，从我的身上滑过，不留痕迹

在海水的包围中，人们已经适应卑处一隅
迎接每一天黎明的到来，开始劳作
让蓝高高地挂在天上，把浪死死地踩在脚下

岛上随处可见船厂，那些高耸的起吊机
那些叮叮咚咚敲击铁板的声响，给人以力量
就像潮流，日夜擂响战鼓，有千军万马奔腾着

腹地开阔，稻田一望无际，金色连着远处的海面
村落星罗棋布，每个岙口里，水井依然守望着
这甘甜的水，多少年来，曾是当地人的生命之源

石屋、瓦房、稻浪、船坞和废弃的渔船
我在思考，当我们的目光越过大海
岛屿如何以自身的资源，呼应现代海洋城市建设

小盘峙岛

岛屿在懒散的午间安睡着,恬淡、自在
只有蝉的鸣叫,一声高过一声
只有海的浪涛,一浪高过一浪

漫步在岛屿上,打开身体
让我亲近岛屿,亲近每一寸土地
像盐粒般融入大海,感知岛屿的孤寂

有人踏浪而来,有人踏浪而去
岛屿仍在这个海域坚守着,年复一年
任波浪翻滚,任鱼群在四周出没

那个我所遇到的老人,在低矮的石瓦房边
在巴掌大的一块田地里,侍弄着作物
青豆、南瓜,还有几株向日葵,金灿灿的

我看到,这里家家户户都养着几株小花
花开花落间,偶尔打个盹做个梦
养花喝酒,一岛一生,生命也可以如此度过

大五奎山岛

0.4平方公里,如此陆域面积
在群岛上百座住人岛屿中,真的很袖珍

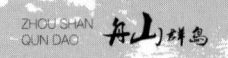

但不能忽视，这里曾是定海港的军事要冲

乾隆皇帝曾下谕，在大五奎山修建炮台
鸦片战争定海保卫战，英军首先占领大小五奎山
在岛上架起重炮，轰击定海土城

谁也不曾想到，小岛的复兴会与船相连
一家现代化的船舶修造企业，让这里变得热闹
那些靠泊的上万吨级巨轮，成为小岛最美的风景

走进船厂，船体分段如一座座小山遍地林立
在车间和分段制作工场，在钢材切割间
到处都是砂轮打磨声和飞溅的电焊焊花、割花

"千岛之光"灯光秀，让岛与我们离得更近
每当夜晚，从山腰到坡顶，夜景灯闪耀在定海港夜空
这绚丽璀璨的灯光，胜过定海城十万灯火

大猫岛

一只猫爬不上岸，蜷着身子
慵懒地卧在海里，时间长了，也就不想上岸了
大猫，简单、直白，叫起来朗朗上口

人世间最美的花朵，开在山坡上
开在花生、土豆、玉米的枝头上，从番薯、蕌头

到市树新木姜子,奏响了一曲海上田园牧歌

为了生计,年轻人进城了,这里成了空心村
先人们安睡在黄土里,略显孤单
等待清明时节,亲人们坐着轮船前来祭拜

在岛上,铁塔漫入云端,是需要仰望的
高达370米,屹立在最高的山头
像钢铁巨人,为群岛与大陆架起一条光明的通道

这里水深岸线长,据说要建大宗物资物流岛
码头上满堆的货物,高耸的吊机,灯火通明的作业区
这将会是大猫岛的明天吗?

摘箬山岛

我第一次上摘箬山,是在20世纪90年代初
跟着谢晋导演,寻找电影《鸦片战争》外景地
英军登上香港小渔村的镜头,就是在岛上拍的

后来上过几次岛,知道它是由火山喷发而成的
长期的风化剥蚀,成了火山灵岛
在时间的截图上留下深痕,断岩绝壁,奇峰怪石

亿万年前的旧火山喷发口
如今,仍寂静地留在七彩石滩上

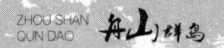

美丽的仙女峰,仍孤独地矗立在百丈峭壁上

岛上的村落恬静、古朴
村口那棵百年沙朴苍劲有力,透着生机
小路、水井、无人的院落,落寞得让人伤感

海洋开发浪潮袭来,浙大创新科技岛的打造
让摘箬山岛走在了时代前沿
废弃与兴建,就这么交替着,这是岛的幸运

东岠岛

站在小坑岗顶,向着四方远眺
南部诸岛满眼翠绿,在海中或宁静或欲动
而定海港城在西北方,白云万里悠悠飘着

我默念着岛屿的名字,像默念着旧友的名字
咀嚼着岛屿的传说,像咀嚼着一颗话梅
从小岠到东岠,只是朱颜改,青山依旧在

时光里,过去的都已过去,就像脚下的小草
枯了又绿,就像曾经有过的热闹与喧嚣
岛屿复归寂寥,败落和荒芜是最终的宿命

这里是属于大海的,但我看不到大海的澎湃
奔腾也一样,海面上蓝黄交汇着

几条水道上，船只穿梭着，偶尔还能看到海豚

一朵白云正在头顶，远眺落日下的海平线
余晖像大鱼展开的金色背翅，点亮整个视野
南部诸岛，请接受我的祝愿和祈祷

西岿岛

西岿岛、东岿岛，最早叫大岿岛、小岿岛
其实大岿岛只有小岿岛的一个角人小
这让最早命名海岛的小吏有些懊恼

在岛上，我探寻岛的前世今生
而忽略了这些其实跟海相关
大海的前世今生里，一定有岛的印记

岛屿生长在海里，被海水所包围
被鱼群和海风所包围
有着大海的寂寞和海风的无奈

小小的岛屿，一直处在大海弹奏间
在无限的虚空中越发虚空
冷暖自知，也只有自己珍惜自己了

当东岿开发成旅游网红岛之时
西岿岛还坚守着往日的孤寂

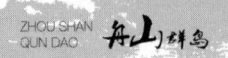

只有志愿者上岛服务时，才有生气

凤凰山岛

凤凰，这传说中的神鸟
在南部海域，收起了飞翔的翅膀
以岛的姿态，守望着古老的水道

岛的静谧，只是夕阳余晖的烙印
岛的内心，那是我无法触及的深度
承载着大海、星辰和梦想

凤凰涅槃，凤凰山也是可以涅槃的
一座海上休闲城堡，带着日出时的霞光
在海面上徐徐展开，格外夺目

海在岛的四周，推窗见海
水波不兴，有船驶过，远处传来鸥鸟声
这令都市人踏浪前来，亲近大海

在岛上，可以躺在露天的长椅上
眯着眼睛，静听大海与天空的演奏
也可在岸边望着海，坐上半天，什么也不想

东蟹岇岛

东蟹岇，有通往日出的水路
无数光芒在海面上跳跃着，引来无数飞鸟
亿万年来，岛屿一直在承载大海的肆情

在岛上，船舶一眼就能望见
那些在船坞里修理的船舶，高高的船头
高高的驾驶台，远远看去，要高过岛屿许多

在岛上，风有些潮湿，带着盐的气味
许多红钳蟹、弹涂鱼，出没在滩涂上
那些佝背的身影，让人有着无限的感怀

在岛上，只有涛声是终年不绝的
在岛的边缘地带，轻轻絮语
那是海讲给岛的情话，诱惑着外乡人前来倾听

东蟹岇，只是我到过的众多岛屿中的一座
生命就像终将荒芜的渡口，我们都是匆匆过客
而岛恒久不变，守着日出日落

西蟹岇岛

虾塘、码头、涛声、芦苇和村姑
是这座岛留给我的记忆，这小小的岛屿

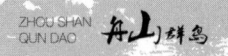

我生活过5个月，被养殖公司派去养对虾

每天除了看虾塘，就是到码头上听涛声
后来在梦中，也能听出涛声的质感
有时粗野，像海豹；有时温柔，像海燕

岛东南的滩涂上，有一片沼泽地
芦絮飘扬，偶尔会有几声水鸟的鸣叫
从芦苇深处传来，能在岛上传得很远很远

我至今记得村里有个姑娘，名字叫小红
她纯真、朴素，犹如岛上随处可见的农作物
她带着微笑，讲话时脸上泛着红红的光晕

30多年了，我没再回去过
西蟹峙就像一只巨大的蟹钳，紧紧咬着我
让我无法把它从记忆的深处抹去

刺山岛

7位老人留守的刺山，是座小小的孤岛
在大海的版图上，很小很小
小得几乎可以忽略不计

7位老人，就像村庄里的7棵老朴树
外表苍劲，内心平和，有着眷恋和柔情

岛屿志

在流逝的光阴里,成为岛屿最后的守望者

7位老人的岛屿,犹如天边的云朵
7位老人都是隐世者,他们深藏功与名
用一辈子的时光和这座岛屿生死相依

7位老人的岛屿,遍地沧桑
那些荒废的老房和小船,早已被时间遗忘
就像杂草丛生的山麓,无人问津

7位老人的岛屿,当露营基地应运而生
岛上的宁静被打破,有了昔日的生机
就像露营地的夜晚,燃烧的篝火闪烁着火花

2022年4月18日—2024年6月26日

在六横（组诗）

在东海游击总队烈士纪念碑前

在东海游击总队烈士纪念碑前，静默是我的全部
阳光洒下来，四野也是一片静默
死亡是如此猝不及防
一场遭遇战，42名战士倒在黎明之前
我无法看清他们的脸，他们多么年轻啊
他们衣着朴素，勇敢，坚强，一如他们的信仰
他们倒下去时，内心仍有火炬般不熄的光芒

我知道，他们来自人民
新中国就是他们想要建立的家
他们的身体融入大地
成为支撑祖国脊梁的一部分
我知道，在这个初夏
这些远去的烈士不需要我的颂歌
在他们面前，所有的词语都黯然失色

那高高的纪念碑
不是为了遗忘，而是为了怀念
为了让更多的人前来瞻仰

在龙山船厂

码头、船坞、车间、龙门吊、吊机
以及在修的巨轮、靠泊的拖轮
构成龙山船厂的现代工业图景
当然,一群群忙碌的工人是主体
那个30多米高的吊机上的女工
手轻轻一按操控台上的按键
整个船厂都动了起来,一派热火朝天

在这里,切割钢板是生产力
敲击铁锈也是生产力
从大集体时代修理渔船起步
到能修理20万吨级的外国巨轮
在龙山船厂
从一块钢板的硬度中
我看到了中国经济的韧性

46年的坚守,龙山船厂才有了今天
成为连接海上丝绸之路的一环
正以巨轮的姿态,向着大洋前行

船厂里的一群山羊

我说的是龙山船厂里的一群山羊,有10多只
它们站在20万吨级船坞南边裸露的山坡上

青草远在更高的山头，当我从山坡下经过时
它们各顾各的，有的抬头张望着大海
有的从一面斜坡跑向另一面斜坡
轻巧，灵动，自如，如船坞内的油漆工
坐在升降平台上，在巨轮的船体上来回涂刷油漆

有几只山羊，白的，大大的羊角，长长的胡子
它们从山坡上跑下来，转眼间
钻过小树丛，穿过厂区内的一块空地
跳到半米多高的船体分段
那钢板制成的空空船体，想必是它们的家
有的在互相顶角，嬉闹着
全然不顾旁边修理20万吨级巨轮时发出的各种声响

这个初夏的上午
在船坞边、在钢板间出现的一群山羊
让龙山船厂变得异常生动和充满柔情

在海边民宿看大海

傍晚，坐在海边民宿"沧海一宿"的院子里
面前就是大海，如此近的距离
让我能从容地看到大海的率真与秘密
潮汐的动静，以及凋谢又重生的浪花
古老的航道，仍在守望着进出的船舶
涛声平铺直叙，像是咖啡厅的背景音乐

对面山、砚瓦岛浮在海中，翠绿一片

我知道，眼前流过的每一滴海水都是新的
每一缕吹向我的海风都是新的
海天间，想在这一刻慢下来
把灵魂清空，把心交给大海
把身体与沉默的岛屿融为一体
让海风穿过我的灵魂
让蓝色的水滑过我的唇齿

暮色从海的那一边漫过来
身后的大鱼厂有点点灯盏亮起
那微弱的光芒，正努力地穿越小渔村的夜空

马跳头古渔村

大鱼厂、杨柳坑、马跳头
悬山岛上，一个个原生态渔村正在消失
在马跳头，我遇到的那些留守老人
都是在无数的风暴中从渔场突围而归的
阡陌纵横的小路、长满青苔的老屋和水井
还能让人依稀感受到
这里曾是个渔村，也曾热闹过

渔船那不朽的龙骨，被遗忘在大海里
船板、渔网、浮子、渔绳、船灯

如今，成了村里民宿的装饰物
鱼鲞挂满天的日子，像消失的鱼群
只有那些古樟树
像村头端坐的老人，在时光里
守望着家园，以及不断逼近的死亡

山野小径上，不知名的小草遍地疯长
一如这座岛屿，这个古渔村
寂静，苍凉，从不言败

在马跳头海洋牧场

一条、二条、三条……大黄鱼游动着
在马跳头北部的海洋牧场
生长着千万条大黄鱼
这里，是人类为它们建造的新家园
它们拥有同样的祖先，都是岱衢族的后裔
它们是兄弟姐妹，有着相同的命运
此时，它们更多地潜伏在岛礁或海底

大黄鱼，野生的已经很少很少了
离此不远的岱衢洋，已不能形成渔场
大黄鱼最终去了哪里？是消亡了
还是在海洋的某个深处继续生活着？
只是偶有渔民捕到大黄鱼的消息传来
如今，面对这么多半放养式的大黄鱼

我有些伤悲，但更多的是欣喜

深秋时节，当大黄鱼咕咕的叫声
在海洋牧场，在满天繁星下，此起彼伏
我知道，马跳头后山的果实将落满山头

在大平岗凭吊张苍水

穿过崎岖的山道、齐腰的杂草和荆棘
一块两米多高的石碑，高过四野和涛声
屹立在大平岗百米高的北山腰茅草深处
碑文上，记载着你抗清的事迹
时光在潮涨潮落间，寂静又寂静
这离你结茅隐居这个悬水小岛
离你被俘蒙难，已有350多年了

我是带着虔诚前来凭吊的
你一介书生，起兵抗清
以舟山为基地，出生入死
19年间，楼船沉浮三千里，威震东南
然而，清兵南下的铁蹄踏平了大明的疆土
连汹涌的波浪也阻挡不了
一个王朝在你的苦苦支撑中终将倒下

你傲骨铮铮，你的骨头是硬的
你的民族气节和爱国精神

就像你隐居之地的芦苇,生生不息

佛渡岛

佛渡岛,传说中因观音来过而得名的地方
肯定是个好地方,群岛中的一个世外桃源
像个高僧大德,在大海上虔诚地修行着
修的是渔家人的灵魂,一颗颗向善的心
在时间的深处,等待觉醒,等待参悟
千百年来,佛渡岛保持着最初的模样
就像鸟的翅膀,一直为天空而张开

靠山吃山靠海吃海,这是流传千古的俗语
双屿港那段斑驳的历史,给人以恍惚之感
真实的,是紫菜在潮汐间挥动无数的绿飘带
是张网渔船云集海边,等待下一个潮汛驶向目的地
是穿越佛渡水道的亿万鳗苗,鱼眼透着光芒
这不绝的光芒,如对面梅山岛繁忙的作业景象
以及正在建造的六横大桥,点燃起渔家人的梦想

佛渡,佛渡。佛说:度人先度己,度己先度心。
生命皆为度,度心,度己,度人
在佛渡岛,让我有了如此感悟,善哉

砚瓦岛

砚瓦岛，你是打造在波浪之上的假日岛
5月末的清晨，在石条铺就蜿蜒盘绕的游道上
一只山羊、二只野兔、三只野鸡
与我不期而遇，那份惊喜会打破岛的宁静和内敛
目光所及，每一寸泥土都以绿色的名义覆盖着
大片大片的金银花开放正当时，使我蹲下来
想与它们谈谈，有关清香和秀丽的话题

随处见海。那蓝色旗帜下隐藏着鱼的梦
来往的船只，都会成为牵引视线的旷野
海风吹来，没有在枝头停留，又走了
只有石斑鱼、虎头鱼在岛礁间日夜沉浮
如果在岛上，每天喂喂鸡，爬爬山
或者与礁石对视，向着落日痴痴发呆
足以让生命丰盈得如大海般辽阔和豁达

砚瓦岛，我只是一个匆匆的过客
把最美的风光留下，让心带着你
独自面对余生长长的回忆

2021年4月25日—2024年5月2日

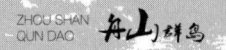

在金塘（组诗）

平倭碑

一块碑，带着石头与生俱来的缄默
立在沥港下街头，在人们的目光中持续缄默

这段倭寇入侵的历史，是无法抹去的
也成为一个王朝永远抹不去的痛楚

当年，倭寇据金塘为巢，抢劫、烧杀
十分猖獗，海岛和东南沿海的宁静被打破

阴影笼罩着朝廷，像一团拨不开的迷雾
一场海战，明朝的官兵与倭寇生死对决

在沥港港口，在呐喊、冲锋声中，短兵相接
厮杀激烈，最终俘斩倭寇数百人

是什么支撑起舟山抗倭史上首次大捷？
是耻辱的鞭策，让海岛复归天空的宁静

476年后的今天，当我透过尘封的历史

平倭碑仍旧矗立着，见证着一个岛屿的变迁

仙人山

站在仙人山观光平台，俯瞰金塘岛的腹地
一排高大的风车，在纱罗山山岗上随风转动

远处重峦叠嶂，绿树葱茏，绿植遍地
山坡上的李子花与桃花，以雪白与粉红竞相争艳

山脚下是原始的村落，保持着原有的淳朴
如果将目光投向远处，这样的村落还有很多

目之所及，田地、道路、房屋、河流
构成金塘岛山环水绕的景象

在这祥和恬静的背后，是旅游开发的热潮
是崛起中的新港，正在大踏步迈向深蓝

金塘岛新旧气象交辉，像灰鳖洋上空的落日
分外妖娆、壮观，让人怦然心动，又难以忘怀

柳行古街

垂柳青青。柳行古街，栽柳成巷

店铺一面临河，这半边街为岛上第一街

清光绪年间，有大陆商人来这里开设木行
后南来北往的客商，带着各种商品来了

半边街，曾有90多间店铺鳞次栉比
食品店、百货店、杂货铺、药店，还有钱庄、当铺等

游走于巷陌，青石板依旧，只是繁华不再
一座座老宅色调灰暗，大门大多关着

陈氏老宅、普济寺、徐家司马第、天佑堂等
古街边的这些明清建筑，尘封着一段段记忆

穿越百年。时光烙下印痕，在古街的呼吸里
有人还在坚守，延续着祖先的血脉

每年春夏，垂柳在沿河两岸生姿、轻绕
薄雾轻雨间，将古街和远处的仙人山笼在一处

流水、垂柳、古宅，江南水乡
柳行古街有着乡愁的温暖，让人心生欢喜

大柳河

站在清初建造的金井桥上

河水缓缓流淌着,没有拍击河岸

右岸有柳行半边街,古作坊店铺
白墙黛瓦,独特又充满人文历史韵味

左岸一派田园风光,还有大柳公园
待到春天,满山梨花开

长长的河流,水从高高的仙人山上流下来
蜿蜒曲折,流经土地,也流经村庄

在大地上,大柳河如一条碧绿丝绦穿越而过
直至大浦口,从岛的边缘汇入大海

穿越山水和历史,穿越风雨和沧桑
唯有河两岸的人间烟火,像不曾枯竭的河水

大柳河,正以水的灵气和四季秀美的风姿
使金塘如河岸边遍地的芦苇,极具生命力

树弄李子花

当岛上第一朵李子花开放的时候,那是在3月
第二朵、第三朵,一夜间,漫山遍野开遍

去树弄,看枝头上挂满绽放如雪的李子花

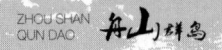

那是属于金塘的田园风情,仿佛置身白雪世界

李子花很精致,花瓣薄亮,形似梅花
轻风拂来,山坡山谷此起彼伏

世人为桃花痴、为樱花迷,而我钟情李子花
这多像我乡间的表妹,娇羞、纯洁

在树弄,亿万李子花是海岛春天的符号
满目清新、芬芳,我想独坐树下感受花的美好

风掠过,花瓣漫天飞舞,满地是纯白的落英
李子林守候着那份美好,结满青青的果子

金塘螺杆

在金塘,没有比螺杆更具影响力的了
岛上的企业大多与塑料机械有关

在岛上,我遇到的卡车,装载的货物
十有八九是螺杆的原料或是成品

在生产车间,原料、成品摆放得井井有条
车床开动着,螺杆料筒在车床上吐着铁花

回想20世纪80年代,凭着简陋的器械

金塘岛做出了第一根螺杆,打入了上海市场

正是靠着刻苦钻研、任劳任怨的精神
在这个偏远海岛,硬是发展起了螺杆制造业

我无意去写企业家们辉煌的创业史
但我要歌颂那些有着钢铁般意志的拓荒者

何世钧、沈大美、何春雷、夏增富……这些名字
在金塘螺杆产业的成长史上,是需要铭记的

600余家螺杆企业,造就了中国螺杆之都
如今的金塘螺杆,正在逐步开拓全球市场

大浦口集装箱码头

码头、泊位、吊机、外轮、集装箱
在大浦口集装箱码头,这些是最直观的

谁也没想到,昔日的滩涂地竟华丽变身
如今每天都是灯火通明、通宵作业的景象

宁波舟山港口一体化,当蓝图被点燃
大港梦在这里启航,成为舟山开放的"海上桥头堡"

在2号泊位,吊机将一个集装箱从码头上抓起

送到外轮上，操作吊机的是一位年轻的女司机

码头上，有很多这样的年轻工人
他们忙着运搬、装卸货物，付出热情和汗水

码头就像一根纽带，16条国际航线
连接着世界各地的贸易往来

甬舟铁路建成后，金塘还将迎来新的腾飞
国际物流岛建设，前景像宽广的海洋

灰鳖洋鮸鱼

在我记忆深处，儿时在故乡的码头上
父亲站在船头，手里提着一条半人长的鮸鱼

过去鮸鱼汛期，在每年的6月至8月
鮸鱼在灰鳖洋畅游着，拘鮸鱼是用流网方式

海潮初涨时分，把流网放入海中，随流漂泊
渔网像一堵墙，死亡在逼近，令鮸鱼无法逃脱

傍晚，来自各地的渔船呈一字阵横排着
停泊在大鹏岛的滩涂边，等待第二天出海

我没有到过灰鳖洋，但在大鹏岛的西北角

远眺过这盛产鲍鱼的洋面，广阔又神秘

灰鳖洋鲍鱼一枝独秀，胜过其他海域生长的鲍鱼
这样的绝美佳肴，如今我已记不清最初的味道

化成寺

化成寺劈山而建，这千年古刹壮丽、巍峨
沿山拾级而上，从第一步起就是朝圣之路

香火旺盛，木鱼声声，三炷清香里
善男信女带着虔诚向佛祖朝拜，祈祷或忏悔

佛光在高耸的佛塔顶若隐若现，铜钟敲响
钟声穿过化成寺水库，飘荡在对面的山头

我知道，这里的佛祖是最亲民的，1000多年来
与寺边的村民代代相守，并护佑着他们平安吉祥

2022年5月30日—2022年6月9日

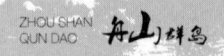

在衢山（组诗）

风机

空旷的蓝天下，在岛的山脊上
以轻快的姿态，旋转着
像画了一个个同心圆，快乐无限

风从海上来，吹在白色的风叶上
无休无止地旋转，旋转
这旋转，汇聚成巨大的能量

48台高大的风机矗立在一个个山脊上
错落有致，在"呼呼"声中不停地转动
多么壮观，这白色的景致

当我站在风电观景平台上
能感受到风机那永不沉默的灵魂
远眺岱衢洋，有几艘大货轮在航行

观音山

这座山是属于观音的
在高处,在低处,在我们看不到的地方
你用慈悲的眼光看着人间

每天行走在观音山上的,除了人
还有鸟兽、小虫、蚂蚁,做着各自的梦
等阳光落下,前世今生来世如晨露般透明

在观音山,满山草木都怀仁慈之心
白云、石头,甚至鸟儿,都在潜心修行
立地成佛,那是连屠夫也向往的

在山顶,面对高耸的玉佛宝塔
那塔尖上的佛光,浩荡无边
带着众生的希望,让我心生温暖

你端坐在莲花之上,头顶一片澄明
在人们跪拜、祈求之间,撒下福祉
令众生安宁,心有善念、信念

观音山,在梵音和云涛之下
漫山遍野的神圣光芒,进入我的身体
让我放下杂念,学会感恩

凉峙风情渔村

一个呈圆形的蓝色海湾
千百年来,将凉峙静静地拥抱入怀
这多么令人惊奇

晒鱼鲞、抲鱼、补网、老式木渔船……
沿路民居、海边海塘的墙上
色彩斑斓的渔民画讲述着渔村故事

比渔民画更灵动的
是依山面海而建的错落有致的民居
是码头边三五成群忙着补网的渔妇

在这里,一汪碧海和月牙形的沙滩
甚至遍地的渔网
都是旅游要素,都是生产力

海岛风情让人痴迷,让人出神
那些来自不同地方的城里人
在这里找到了久违的松弛感

鼠浪湖岛

长长的码头上,多台抓斗式卸船机
正在对巨轮上的矿石进行卸载

鼠浪湖岛就这样闯入了我的眼帘

红、黑、黄各色矿石小山一样堆积着
几台斗轮堆取料机连轴运转
矿石堆存场一派繁忙景象

10年间，从悬水孤岛到中转大港
这估计连最有想象力的
鼠浪湖渔民画家也是画不出来的

港口大开发迎来历史性的转折
岛民整体搬迁，填海，造码头
鼠浪湖岛开始让人变得陌生起来

岛上的村岙、楼房、山路不见了
渔码头、沙滩、渔船、渔景不见了
山峦与岛礁环抱着的宁静港湾不见了

全球最大40万吨级矿船实现常态化靠泊
一艘艘巨轮在码头上靠泊卸载
一艘艘散货船满载之后朝着长江口驶去

鼠浪湖岛的原貌保存在沙盘模型里
近200年的变迁史留在了村志中
那里有鼠浪湖人的记忆和乡愁

钓鱼岛

岛上遍地是没膝的茅草
这绿茵茵的植物,向着阳光生长着
伴着岸边的涛声,在海风中起伏有致

岸边抛竿而钓,等待鱼儿上钩
当一根竿子弯成了完美的弧形
此时,大海带来的愉悦胜过一切

小小的岛屿,在蛇移门水道冷暖自知
我只是偶尔到访,陪伴它的
是星辰大海和夜色中四起的渔火

"东海钓鱼岛太遥远,
不如到衢山钓鱼岛一看!"
这句话诱饵般引诱着人们坐船前往

2022年11月24日—2024年3月22日

在普陀山（组诗）

在普陀山怀抱石头

石头也是有生命的，在普陀山
每一块石头都有飞翔的愿望
齐聚在尘世间，带着慈悲和众生的希冀

做一块石头是幸福的，就像这里的飞鸟
带着灵性，披着金装，守着佛光
在无尽的时光里，如高僧般修行着

石头与石头是最亲近的，一块挨着一块
它们是通灵的，最懂彼此的心事了
无论在山间地上，还是悬浮云端

石头的纹路，斑驳间深藏着秘密
那是大地刻在人间的印记
亿万年来，没有人能够读懂，除了佛

当钟声传遍山头，当梵音响彻天际
我想在普陀山皈依，怀抱石头

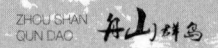

落地生根,做一块深藏禅意的石头

海印池的莲花

莲花朵朵,在午后的古寺前
守着静静的光阴,远离喧嚣
在荷池中,展现自己辽阔的美

千万朵莲花的绽放,仿佛在瞬间
这纤尘不染的亮色
像灯盏,照亮寂静和暗处的尘埃

没有风,只有蜻蜓起起落落
日月间,莲花不喜不悲
像遗落在水中的经文

面对莲花,回视自己的来路
我要放下尘世的沉重
心有一瓣莲花,世间多有美好

我爱海印池满池的莲花
我爱坐在石桥上,静静地冥想
内心有着满满的幸福

前寺的钟声

晨钟暮鼓。前寺的钟声
在晨间敲响,钟声悠长
这要比山鸟的鸣叫传得远

钟声里,僧人在做早课
诵念经文,祈祷祈福
梵音借晨光的通道,穿门而出

钟声里,菩萨端坐在莲花台上
面容慈祥,注视着跪拜的众生
祈祷间,愿望高过心头

钟声里,海水在参禅
日夜不息的潮音
那是大海在诵经

后寺的乌鸦

一群乌鸦,黑色的翅膀
盘旋在后寺的上空
飞来飞去,自由得像风

当它们飞过我的头顶
像是有一团乌云飘过

洒下几片阳光的碎片

有一只乌鸦停在樟树上
梵音声声，它在听经
很专注，一动不动

我走到树下，试图接近乌鸦
它像黑色的神灵
默默地俯视着人间

有一道黑影，从树上掠起
留下"呀——呀——"的啼叫
消失在后山的树林中

菩提树下

菩提树下，风过，树叶飘落
启明星升在东方，期待佛祖现身
我要双手合十，向他膜拜

菩提树上，那一片片翻动的树叶
带着天籁般的梵音
漫天飞舞，深藏觉悟和智慧

佛祖静坐过的菩提树，是圣树
我想在菩提树下打坐

修行，顿悟，让内心澄明如晨曦

远离红尘，在菩萨的故乡
每一座寺庙，每一棵菩提树
都深怀慈悲，解救众生

我要收集佛光，把心灯点亮
在木鱼声声中，遇见
另一个自己，守望菩提花开

诵经

经文诵读了千年
还在佛寺里传颂着
有的高深，有的通俗

僧人敲着木鱼，诵读经文
梵音在袈衣上隐现
如花朵开落，海潮涨落

青灯下，我想在菩萨身边
打坐入定，诵读经文
那里有大海般浩瀚的智慧

心灵的灰尘需要拂去
任凭时间在钟声里

如火焰燃尽后落下的灰烬

木鱼声声中，诵经声响起
如潮音般响亮，如阳光般干净
普陀山的无限光阴在涌现

晒经

六月六日，佛寺僧人在晒经书
晒经台上的经卷，有些泛黄
僧人轻轻翻动，像在翻动千年的光阴

午后，蝉在古樟树上鸣叫着
阳光犹如蝉的翅膀，透明
金色的光，停在经书上

经文里有佛光，有信仰
诵读的人修行参悟
铭刻在心，就能放下杂念

打坐的禅师，端坐寺堂中
在诵经，任由风吹过，翻动经书
青烟在香炉里，袅袅升腾

在经书和时间之外
莲花圣坛上，端坐着观音

尘世轮回间,灵魂像雪一样洁白

梅岑的春梅

在梅岑,只要是春天
就无法绕开梅,这最先绽放的
是最美的春天诗词

在向阳处,起初可能是一朵
也可能是三五枝
然后在一夜间,开遍整座山

暮鼓声声,梅花点点
不与天地争春光,不怕雪落下
越是寒冷,梅越挺立得孤傲

在山脚的转弯处,春梅
一枝横斜,像是在那里等着我
幽香阵阵,让我惊喜万分

这多像我初恋的情人
她有着梅的姓氏
也有着梅花般冰清玉洁的品性

佛顶山很高

1088级石阶,就像1088朵白云
这长长的云梯,连接起人间与天堂

佛顶山很高,香云路很长
我要去慧济寺,放下此生的悲苦

踩着1088级石阶上山
每上一级,就感觉离佛祖更近一步

朝圣路上,草木安详,石头静谧
离天堂越近,我的内心也越纯净

佛光浩大,光明就在山顶
那是众生向往的,藏着来生的幸福

过莲花洋

在莲花洋上穿行,船只是工具
就像欲渡海回日本的高僧慧锷
要接受观音菩萨的考验,历经艰险

风不知从哪里吹来,掀起波浪
又驱赶着波浪,不知要吹向哪里
这多像命运,生死无常,变幻莫测

人世间有太多的苦难，需要引渡
有太多的黑暗，需要光明
过莲花洋，佛的国度就在前方

再大的风浪，哪怕生出无数的铁莲花
只要拥有一颗向佛的心
莲花洋上将开满莲花

莲花朵朵，观音居住的普陀山
那是令人神往的，我要
过莲花洋，穿越朵朵莲花而去

洛迦山

一座佛，以山的姿势卧在海上
浪花似莲花，绽放，凋谢，生生不息

草木、虫鸟，山上所有的生灵
一心向佛，带着慈悲，在光阴里前行

洛迦灯火每夜点亮，如香火，温暖人心
一座山洗尽铅华，满是禅意，干净而空灵

山是一座佛，佛是一座山
在莲花洋上，山和佛合二为一

我来过，我走了。一切源于佛缘
让梵音止于风中，让灵魂驻守山上

普陀佛茶

一

山高，云雾弥漫，白云环绕
茶山像是仙境，夙雾缭绕

从发芽起，内心就是清纯的
带着清风、雨露和佛的修行

春天在一片片芽尖上驻足
每一片叶子上，都聚拢着美

新芽一片接着一片，开遍茶园
滴滴欲坠，多么诱人的青翠

亲近日月，让时光穿过茶叶
每一片叶子收藏起山水的气息

一片茶叶、一株茶树、一岭茶园
让背着竹篓的采茶女痴迷不已

一片带有佛性的茶，让我感悟
如同向暖的时光，可以温暖人间

一片茶叶，就是一座山，一坡茶
在普陀，山有悲悯，茶有佛性

二

煮一壶山水，让茶叶复活
重现春天的氤氲和清香

一片叶子，从山上来
就这样轻易地打开了纯真的内核

在沸水中，在玻璃杯里
茶叶缓慢舒展，姿态万千

每一片茶叶都呈现不一样的美
那抹绿色的光芒，穿过玻璃而去

茶叶在水中沉浮，如同人生
每一片叶子都承载着一段故事

茶香里，带着大山的清幽
有着无限的甘苦和意蕴

品茗，每一口都是春天的味道

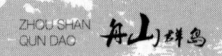

那里有一段藏满芳香的时光

佛茶飘香，像明亮的经文
在人间，禅茶一味，印烙在心头

     2022年8月10日—2022年12月5日

在朱家尖（组诗）

千丈崖上的观音

高高的千丈崖上，观音脚踩
莲花台，多么雄伟与庄严
以慈善的目光凝视着人间烟火

白山静穆，在千丈崖前仰望
观音彩绘，白石，林木，花草
就在眼前

有了观音，千丈崖才变得柔软
白山才有了高度，那是
内心的高度，神明的高度

石头和草木有着各自的灵性
它们以各自的方式
点缀着白山的佛性和风雅

人间有多少悲苦，就有佛家
多少梵音，在时光里
白山怀揣菩萨的湿润与柔软

众生的膜拜，菩萨始终倾听着
忏悔、祈祷，都不会告诉你答案
只有走时自己知道带走了什么

不灭的香火，照亮每一片千丈崖
我愿意靠近，倾听莲音与禅语
做一株小草，日夜仰望着观音

大青山

潮水奔涌，当鸥鸟叼来万顷碧波时
支撑起大青山的天空，是那样蓝
春天的颜色，也在青翠中加深

在这里，大自然的气息高过浪涛
每一天清晨，醒来的草木
唤醒新的光阴，浩浩荡荡地奔向人间

每一株草木，带着绿色的光芒
它们愿意付出热情和全部
成为山水画卷的一部分

大青山，像一块巨大的石头，矗立着
每一片泥土，和植被亲密无间
郁郁葱葱，彰显生态之美

如果我要守候,就要像礁石那样
以仰望的姿态,让大青山高过天际
让春风在草木间缭绕,忘记归途

大青山房车营地

中秋夜,月亮是从房车顶上升起的
月光给白色的房车增添皎洁

月光落在大青山,落在房车营地
那是奔跑者的姿态,像山脚下的波浪

月光下的房车营地,以山水为衣裳
在青山和大海间,等待我们前来穿上

月光下的房车营地,一如大青山的深邃
遍地的草木和苏醒的虫鸟都胸怀月亮

夜越深,月越明。在大青山的俯视里
月光高过尘世,房车如黑暗中闪烁的萤火

今夜在房车里,可以一觉睡到自然醒
如果有梦,那一定是属于嫦娥的

在山顶观落日

夕阳西下,落在海的西边
明月东升,升在海的东边
日落,月升
在海平面的两侧
这种交替,我知道每天都在上演
大海像个魔术师
有只无形的魔手,施展魔法

我坐在大青山的山顶
看落日沉入大海
保持缄默,如同山上的石头

筲箕湾

青翠的山。在一片辽阔的青山下
像筲箕那样,守着山脚下的一个海湾
静谧得只有寂寞的山石能够抵挡

晨曦中,鸟鸣是早于太阳醒来的
一声一声清脆的鸣叫
唤醒的是渔村,是劳作的人们

村庄深陷枯败之中,像腐烂的树根
岁月不堪一击,终究败给了时间

只有破败的房屋延续着旧时的场景

很多人走了,走向繁华的城镇
留守的多是老人,把生命活成渔村的历史
如同村头那棵坚守了上百年的大树

乌石塘

这么多的乌石,像个部落
与海水若即若离,在潮涨潮落间
阳光像白马跑过,乌石的美更显从容

一块块乌石,像一条条光滑的墨鱼
进入内核,和表面的纹路一样
只是乌黑得让人容易忽视

时光里,乌石与星月对语,唠叨
乌石与乌石相互倾诉
乌石的心事,只有大海能懂

一块块乌石里,藏着一个个海
俯身倾听,宁静之中蕴含着动荡
来自乌石潮音,从不停歇

我曾睡在午间的乌石上
梦想海水漫上来

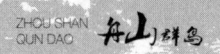

像一条鱼那样,把我带回大海

无数乌石,在海边苦苦修行着
历经海浪千万年的侵袭
内心坚毅,像乌石那样坚硬无比

情人岛

情人岛,小巧玲珑
去过的人,记住了海山奇观
更记住了那个浪漫的名字

情人岛,究竟浪漫不浪漫
去过的人最有发言权
但这不妨碍你去岛上走一回

当然,最适合的还是情侣
岛上有情人桥、情人路、鸳鸯林
可以让心心相印的人留下盟誓

在她没有到来之前,你会等在岛上
有大海做伴,你不会觉得孤独
心中拥有的梦,足够你抵御一切

沙雕

一

沙子是大海给海岸的信物
有着海的孤寂,有着岸的欢乐

无数的海浪,打磨着每一粒沙子
使它从内到外,变得圆润、光滑和细腻

在每一粒沙子里,能听到海的声音
能找到海水和盐的踪迹

在南沙,沙子有着独特的灵性和光芒
在阳光的怀抱里,得到舒展和释放

二

在这里,沙子被赋予了生命
在万千变幻中,成为一种艺术

在铁铲挥动间,沙子聚集起来
让它生出灵魂,雕出千姿百态的形象

一群人,一个岛屿,一座城堡
甚至世界八大奇迹也能用沙雕成

如果在沙滩上雕一尊菩萨
那么整个南沙将充满慈悲

沙雕是开在沙滩上的花朵
是开给游人看的,那里有大海的温柔

我惊呼其间的力量
聚沙成塔,无疑是神奇的

三

沙雕一直在成长,像遍地的沙蛤
只有落下来的阳光,是静止的

全世界最美的沙雕不断呈现
这凝聚着智慧和创造,格外耀眼

在朱家尖,在夏天的大海边
沙雕成为沸腾的欢乐谷

一粒沙子,在南沙找到了自己的价值
点沙成金,胸怀博大

2022年8月10日—2024年6月4日

在长涂（组诗）

大小长涂

一条呈S形的江，把长涂分成两部分
一边叫大长涂，一边叫小长涂
这是一对孪生兄弟，因一条江而终生相望

这条江，一直在岛屿与岛屿之间流淌着
构成可避风浪和台风的天然深水良港
承载着大小长涂岛无数舟楫的进出

大长涂背倚岱衢洋，能捕大黄鱼
小长涂南濒黄大洋，能捕带鱼、鲳鱼
便有了下海捕鱼的船队，有了金银岛的传说

大长涂静谧，呈原生态，甚至有些败落
小长涂繁华，有人文底蕴和浓浓的烟火气
一方水土养一方人，这句俗谚也适合这里

我从大小长涂走过，不带走一缕海风
但记住了港南、杨梅坑、倭井潭和王家大院
记住了长涂山青港美的模样

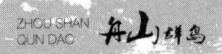

长涂港的早晨

长涂港的早晨是恬静的,恬静得像个少女
站在小长涂岛的海堤或码头上
能感受到这种恬静来自大海

东升的云雾,流淌的海水,停泊的渔船
滩涂上的红钳蟹,都是恬静的
这种恬静,使你能听到阳光洒落渔网的细微声音

油漆工在渔船上涂漆,渔妇在港边补渔网
渔民在码头搬运渔绳等渔具,他们都很恬静
这种恬静,来自他们对劳作的认知和生活的感悟

7月初的长涂港,远比想象中来得恬静
这种恬静,来自东海伏休让大海休养生息
来自渔港边的军舰,以及大小长涂岛默默的守候

东剑即景

咩咩咩,从午后寂静的山坡上传来,满眼皆绿
树木、杂草,以及一块玉米地,但不见山羊的踪迹
这可能是东剑的先人在跟一个陌生人打招呼

村庄,显得有些荒凉和落寞,高一幢低一幢的房屋

大多废弃了，就像路边的芦苇，终将在季节的深处枯萎
只有古老的传说，在田野村舍间像芦花般随风飘荡

阳光打开空荡荡的天庭，在村头，我看见一堵堵墙上
全是爬山虎，枝条苍劲有力，叶片青翠，向上攀爬着
就像这里的人们，与时间对抗着，对抗着

面对岱衢洋

一望无际。除了岛屿边的黄水，蓝是主色调
站在双剑涂围垦大坝上，岱衢洋尽在我的视野中
敞开的胸襟像蓝色的画卷，在苍穹下打开着

亿万朵浪花舒展着，翻滚着，像快乐的鸥鸟
是否为了我的到来，呈现一幅浩大的景象
在亿万朵浪花的后面，还有亿万朵浪花，周而复始

面对岱衢洋，需要直面那至今仍未修复的创伤
曾经多么辉煌，万船齐聚，夜空中闪耀着无数的桅灯
当大黄鱼难觅踪迹之时，它的汛期也将不再

季节在岱衢洋就像阳光滑过，不带任何痕迹
只有大海的心脏仍在有力地跳动，只有海水
在奔涌向前，越过岱衢洋，奔向更宽广的大海

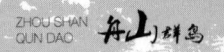

我身后的大长涂还在沉睡着,只有岛上
草木的灵魂苏醒着,只有石岩草在岩石上疯长
大黄鱼"咕咕"的叫声,或许会在老渔民的梦中响起

今夜在小长涂

夜幕下的长涂港,桅杆之上会有星星闪烁
今夜在小长涂,在海边,这是我所期盼的生活
谁愿意和我一起,等待月亮爬上来,仰望漫天星辰

满天都是明亮的星,就在大海之上
海浪的颜色被月光的皎洁覆盖,随着潮汐涌上来
只有鱼群在我看不见的地方,不分昼夜地穿梭

夜色中,我要收集海面上四起的渔火
像萤火虫般,放置在透明的玻璃瓶中
让海的气息弥漫在我的周围,让涛声回荡在我的体内

夜色中的军港,让我想起了苏小明,她曾来过
《军港之夜》曾温暖过多少水兵的心,今夜,当浪花
轻轻地拍打着军舰,那是大海献给水兵的小夜曲

夜色加深,一盏盏灯会被岛上的人们点亮
那是小长涂的柔情和温暖,如果我是一个在黑夜里
赶路的人,那些灯光将点亮我的心

今夜在小长涂,我想做一条鱼,带着爱和梦想
游向大海,哪怕逆流而上,哪怕大海再辽阔
我也要寻找梦中的家园,让盐和蓝贯串我的生命

传灯记

我在黄昏前到来,站在传灯庵前
远眺西鹤嘴灯塔,那座由油灯传承下来的灯塔
我要悄悄地藏起私欲和杂念,心怀崇敬

遥想当年,长涂港北口外的五虎礁十分凶险
就像五只老虎,行船稍有不慎就可能船翻人亡
在黑夜,没有谁比归航者更需要光明和方向

一盏油灯在孤礁之顶点燃,黑暗中没有比
这盏灯更亮的了,一个人手持油灯
以一己之力对抗黑暗,把漫长的黑夜渐渐点亮

在小长涂偏僻的山野,搭棚而居的日子是清苦的
为了生命和血缘,为了点燃海岛子民的无量心光
耗尽一生的时光,直到生命如油灯般燃尽

150多年来,西鹤嘴灯塔一直在夜晚点亮着
这座灯塔的前身,就是那盏在黑暗中燃烧的油灯
传灯,传承的是精神,是明灯般的人性光芒

人们出资修建传灯庵，不是为了供奉菩萨
而是为了纪念一个人，一个叫慈领的法师
让每一条河都流下去，让每一盏灯都燃烧自己

倭井潭硬糕

没有比这更坚硬的糕点了，像花岗岩一样
如果用这硬糕造房子，或者筑城墙
估计不会比铜墙铁壁差，也能经受风雨

钢铁是怎样炼成的，这里换成了硬糕
在"老万顺"，从第五代掌门人林杰毅的讲述中
我对这块硬糕曾有的困惑，烟消云散

这块糕点问世于清光绪年间，与石头结缘
最初与渔民有关，是他们海上作业时的吃食
因为没有糕点，能够像石头那样保存得更久

这石头一样硬的糕点，倾注了五代人的心血
炒制、磨粉、蒸制、烘烤等十几道工序，精益求精
在糯米白糖等原料中，我想一定还加进了天风海涛

"南风吹吹，小酒喝喝，硬糕啃啃。"
渔民在船头品尝硬糕的惬意场景，成为俚语
如今，"可以吃的石头"香传千里，声名远播

倭井潭，是纪念渔家三姐妹为灭倭投毒于潭
硬糕的得名，与戚继光无关，与抗倭无关
仅仅由于生产于此地，得名倭井潭硬糕

仙草潭的船坞群

高大的龙门吊，靠泊码头的巨轮，漫长的海岸线
在轮船从长涂开往新竹的途中，仙草潭
这国内最大的船坞群，不经意间出现在我的眼前

仙草潭，有仙草的地方仙气十足，不同凡响
这里水深，大型船舶能进出，堪称造船黄金岸线
一批批造船人怀揣着造大船的梦想，拥向小长涂

我知道，这里拥有50万吨级船坞和2台800吨龙门吊
那是船企中的巨无霸，曾是亚洲最大
6座船坞总规模107万吨级，其他船企只能仰望

在各生产车间、船坞码头，焊花四溅，弧光闪烁
上万名工人挥洒汗水，他们建造船舶就像搭积木
能建造国内外不同类型船舶，年造船能力600万载重吨

从2009年首制11万吨原油轮交付起，金海重工成了
纪录收割机，浙江省在建船舶吨位纪录被不断刷新
如今，手持船舶订单列世界船企前20位、国内前5位

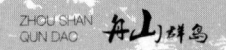

一家世界级船企，正在改变着小长涂岛的气质
"一带一路"，让金海重工制造的船舶遍布五大洋
瞧，汽笛拉响，又一艘巨轮从这里启航，驶向深蓝

2022年7月4日—2022年7月8日

在洋山（组诗）

仰望星空

今夜，月光在安静的洋山岛上
照着蛐蛐、蚱蜢、蟋蟀的灵魂
它们也安静下来了

没有比这里更明亮的了
月光行走在海岸、草木、道路
以及有渔火出没的海面上

此时的岛屿，在夜空下
无比寂静
像等待破茧而出的蝴蝶

今夜在洋山岛上，我与星星
遥遥相对，默默无语
大海也孤独地醒着

面对浩瀚的星空
仰望是唯一的选择
那里神秘得让人无法停止想象

今夜如果有梦
那一定能梦见星辰大海
梦见鸥鸟银白的翅膀在扇动

暮色时的海边

亿万年的大海,还在激情奔涌
退潮后滩涂上的大片芦苇
在海风中摇曳,引诱更大的海风

暮色从大海的对面过来
滩涂空旷,海岸空旷
苍凉得像一望无际的戈壁滩

不远处,一只苍鹭冲出芦苇丛
留下一声清脆的啼叫
淹没在大海的苍茫中

暮色已至,铺天盖地
快得连海风都追赶不上
岛屿寂静,只有潮汐仍在欢娱

小洋山岛

这"鲲鹏化处"①竟成世界强港
摩崖题词之人,据说当年
猛然间看到成群的海豚
出没于岛屿周边的汹涌波涛之间
想起了庄子的《逍遥游》
如今,满目皆是巨船在进进出出

小洋山,显现着国际大港的风采
码头岸线、桥吊、起重机、集装箱
整个港区车来船往,十分繁忙
一座东海大桥,与中国最大城市相连
一条条航线,与世界各大港口相连
这里是全世界最繁忙的深水枢纽港

小洋山旧时以岛上多羊而得名
以山石玲珑而闻名
从弹丸小岛变身现代化大港口
原生态石景依然如初
石龙奇观还在延续动人的传说
精美的石头仍在歌唱着

大海、渔村、石景,是以前的印象
大海、港口、石景,是现在的风景

注:①"鲲鹏化处"系小洋山岛上的摩崖石刻,为明万历三十六年(1608年)游兵都司张文质书。

圣姑礁上的神庙

这是世上海拔最低的神庙
每当大潮汛时,神庙的前沿台阶
与海平面基本持平
但在渔民的心中
那里有着世上最高的信仰
高过大海,高过人间万物

神庙里供奉着妈祖
那是海上女神,是海神娘娘
传说中,每当出海遭遇风浪,危急时
船员只要向这位神灵号呼求救
她往往会派遣红灯或神鸟前来搭救
使人免遭海难

这个小小的岛礁
因为有神庙,有妈祖
而变得圣洁,充满光明
连天空都一碧如洗

2024年3月15日—2024年6月24日

岱山岛（组诗）

在东沙古镇

在东沙古镇，这个岱衢族大黄鱼的故乡
回忆总是伤感的，就像目睹深秋里的落叶
时光洒在古镇的石板路上，光滑，锃亮
像刀刃之光，从阳光中穿过，四处飞翔
岱衢洋万船云集，千万盏围灯像天上无数的星星
大黄鱼像中了十面埋伏的队伍，"咕咕"的叫声此起彼伏
驳鱼船日夜运鱼、加工厂通宵加工鱼货的繁忙景象
这些只能从发黄的记载着史料的纸上看到
就像岱衢洋消失的大黄鱼，就像老去的渔民
如今，东沙百年古镇声名远扬，成为网红旅游地
在古镇的中国海洋渔业博物馆
陈列着众多不同的鱼、蟹、贝壳等标本
以及大黄鱼运输加工全套流程的模型
还能让人依稀想起这里曾有过的著名的横街鱼市

在中国海岬公园

在中国海岬公园，我投放了一个漂流瓶
这是一个装着信封、邮票的漂流瓶
玻璃制作的，很精致，让我在这个美丽的海岬
在红色的纸条上写下：祝愿世界更美好
我把这个祝愿装进漂流瓶，投入大海
我知道人心是相通的，对美好事物的追求是相同的
我知道这里的海与世界上所有的海都是相连的
我希望这个漂流瓶能够顺着潮流
横跨五大洋七大洲，漂流得越久越好
祝福漂流瓶经过的沿线海岛、城市、村庄和人民
祝愿这个世界远离战争、疾病、黑暗和苦难
如果遇到有缘的人，除了祝福你，陌生的朋友
请让我们一起来祝愿，祝愿世界更美好
祝愿明天的太阳照常升起在你我的眼前

在鹿栏晴沙

在鹿栏晴沙，遇上岱山岛国际风筝节
章鱼、鳐鱼、鲸鱼等，海味十足的巨大风筝
挂满沙滩的上空，犹如海洋世界
参加风筝盛宴的，来自不同国家，有着不同肤色
2020年11月，疫情挡不住他们热爱风筝运动的心
他们在沙滩上放飞手中的风筝，如放飞自我
在鹿栏山下，在三面秀峰环抱的万步铁板沙上

天空属于风筝,数百名游客都是放风筝的好手
在沙滩上,我遇到一个从哈尔滨来的姑娘
大海、沙滩、礁石和风筝,让她激动和陶醉
在沙滩上,她迎着阳光和海风奔跑着
张开双臂,像海鸥那样自由地飞翔着
有那么一阵子,她忘情地奔跑着,飞翔着
梦想如天上的风筝,飞得很高很远

在上船跳

在上船跳,想起了2000多年前东渡的徐福
那个雄才大略的秦始皇,为了求长生不老药
祭海送徐福率三千童男童女东渡
浩荡的船队,东渡的路注定是不平凡的
没有航标,山是海上唯一的坐标
茫茫大海中,有一座岛屿闪现在虚无缥缈间
这是不是传说中求仙的蓬莱仙岛?
我不知道徐福当年是怎样的心情
但船队如飞越大海的候鸟,想寻找栖息地
或许,徐福也不曾想到
从他踏上这块土地的第一步起
他就成为这里的传说,从古传到今
如今,徐福的身影站在村头的船上瞭望着
一如2000多年前,他来时的姿势

在磨心山

在磨心山,我感受到大海的浩瀚
越过岛城的楼房、道路,越过众多小小的岛屿
大海的边际白得耀眼,犹如一望无际的白云
远在我的想象之外,就像大海深处的生物种群
神秘,只有神的力量能够触及
在磨心山,和三五朋友坐下来
品蓬莱仙芝,观山海风光,看落叶纷飞
风从海上吹来,轻轻地拂面而过,又向海而去
在这里,可以忘却尘世的繁杂
也无须向往神秘的极乐世界
如果可能,我想在一个万籁俱寂的夜晚
顺着星光灿烂的方向
在这个又叫摩星山的地方
伸手去摘天上那颗最明亮的星星

2020 年 11 月 12 日

泗礁岛（组诗）

今夏去泗礁岛看海

今年夏天，我们一起去泗礁岛看海
到基湖沙滩或南长涂沙滩
去看蔚蓝的大海
看辽阔的大海一望无际
我们在大海边自由奔跑
在沙滩上洒下欢笑

海的图案，在夏天更加清晰
不远处，有零星小岛漂浮着
三五鸥鸟在海天间翱翔
海面上只有巨龙般的波浪在翻滚
成为瞬间即逝的朵朵莲花
沙滩上一群沙蟹在奔跑
像是光着脚丫的孩子们

今年夏天，我们要做冲浪者
勇敢地冲向连绵不绝的涌浪
我们要向着大海呼喊
要让呼喊声和涛声遥相呼应

在泗礁岛,今年夏天
整个大海是属于我们的

在田岙做一天"打鱼人"①

在田岙,做一天"打鱼人"
那是我所向往的渔家生活

出海当渔民我向往已久
海洋中的螃蟹和鱼虾
在我看不见的地方畅游着
当渔船穿越一大片蔚蓝
船舷边的浪花我触手能及
在船老大的下网声中
把笼网从船上撒向大海
那是蓝色间骤现的猎人
逼近螃蟹和鱼虾
此时,作业渔船是海上
唯一的主宰者
当我从海里拉笼网上船
那些鲜活的螃蟹、鱼虾
将成为我餐桌上的美食

出海钓鱼撒网捉螃蟹、鱼虾
还将在时间的深处
在大海上不断上演

渔家乐项目的蓬勃发展
让渔民吃上"旅游饭"
带动了一方致富

注：①嵊泗县五龙乡田岙村，1999年伏休季节开始搞起渔家乐休闲渔业特色旅游项目，是浙江省休闲渔业的发源地，2009年被评为"浙江省特色旅游村"。

大悲山的乌鸦

"呀——呀——"
乌鸦在飞翔时抛下的叫声
在大悲山山顶上是响亮的
它高过了灵音寺里的梵音
乌鸦的叫声有点悲切、凄凉
包含着某种古老的隐喻
此时，这巨大的叫声
像大悲山脚下涌动的波涛
盖过万物的声音
乌鸦在大悲山上空满天飞
在辽远的苍穹里
释放着它们的意志
黑色的身体随阳光起伏

大悲山，鉴真东渡泊舟处
这栖息筑巢的乌鸦

守候在这里
带着慈悲、智慧和忧患

海鸥从海的那边飞过来

黄昏时分，在嵊泗中心渔港边
我远远地看见一只海鸥，从海的那边
飞过来，飞越宽阔的海面
它飞得不紧不慢，黑色的翅膀
在暮色的映衬下，显得更黑了

在渔港里，在海风中，这只海鸥
飞得很高，很从容，我看不清
它的真面目，起初只是一个黑点
后来越来越大，但也只能看见个轮廓
它无声无息地飞着，放弃伪装
黑色翅膀打开着，如滑翔机般轻盈
内心想必有着天空般的辽阔

这只海鸥在停泊渔港的船队前
画出一条美丽的弧线，掠过头顶
飞向我身后的漫长海岸
转眼间，消失在苍茫的暮色中

2023年11月19日—2024年6月25日

桃花岛（组诗）

如果是春天

如果是春天，亿万朵桃花
绽放在桃花岛的腹地
在田野、山坡，或房前屋后
我所遇到的那一朵朵桃花
一生只绽放一次
娇美、热情，还略带羞涩
这多像岛上的年轻姑娘
怀着纯真和爱
期待一场美丽的邂逅
我上岛的时候已是秋天
桃花真实的模样，我只能想象
而传说中最美最美的桃花
被安期生醉墨洒于山石上
千百年来，寂静地盛开着

射雕影视城

大佛岩下的射雕影视城
似乎要比大佛岩更有名气
我不知道桃花岛七姐妹的故事
但我知道桃花岛岛主黄药师
以及俏皮精灵的蓉儿
知道牛家村的郭杨两兄弟
以及一诺千金的江南七怪
知道成吉思汗的铁蹄踏平南宋
以及郭靖和拖雷的友情
如今，金庸笔下的江湖
浓缩在大佛岩下的射雕影视城
没有江湖恩仇、腥风血雨
没有仗剑天涯、快意人生
只是作为一个景区供游人参观

在弹指峰

在桃花寨的弹指峰，我想起了黄药师
他是否在这里修炼过弹指神通？
无从知晓
但我相信他在这里吹过箫
在明亮的月光下，对着大海
独自吹奏《碧海潮生曲》，如泣如诉
诉说着他的痴情和对妻子的怀念

在箫声中，重现他往日的爱情和美好
委婉、舒缓、清远，和着四起的涛声
让遍野的虫鸣声复归宁静
青衣长袍、性情乖僻、独来独往的黄药师
以东邪之名对抗着世俗的眼光
桃花岛的弹指神通，技惊天下
其实，我最神往的武功
是摘叶飞花，伤人立死

从塔湾金沙看过去

秋日的下午，从塔湾金沙看过去
海在远方，云朵迷失在天空中
阳光下，沙子则以自己的方式
与海水相亲相爱，恒久如初
印证着桃花岛这一爱情打卡地
大片大片的黄金菊、马鞭草竞相开放
在海风中等着你来，也等着季节的轮回
在这里，容易让人想起年轻时的恋人
时空隧道里，有的容颜已不再清晰
就像眼前古老的航道找不到最终的方向
这个时刻，我想让生命停下来
坐在沙滩上，对着大海痴痴出神
梦想有一天，从塔湾金沙出发
如老顽童周伯通般骑着海豚畅游东海

穿越南部渔村古道

穿越桃花岛南部渔村古道
是为了一睹海岛植物园的美
从茅山到磨盘，沿着海岸线
在羊肠小道上，一路走来
除了漫山遍野的林木、花草
就是荒废的村庄、破旧的房屋、腐朽的船骸
以及巨轮驶过的虾峙门国际航道
昔日村民生活生产和其中的艰辛
昔日炊烟袅袅和鸡鸣狗吠的场景
犹如传说中乘槎浮海而去的安期生
我穿越的只是一条进出渔村的古道
而渔村的繁华永远也无法抵达
我身后的大潭岗、磨盘等众多村落
就像路边的野花，在风中慢慢凋谢

2020 年 10 月 26 日

虾峙岛（组诗）

黄石村[①]

坐在黄石村码头上，静静地看着海
海风正从远方过来，吹进我的身体
试图把无边的蓝色传染给我

三桅船，那扬帆出海的画面
只留在我的记忆里，多么亲切
又多么遥远，像一座消失的古堡

海风吹向我身后的渔村
吹动了袅袅的炊烟和山头的树叶
吹不动的，是遍地石头砌成的房屋

我知道，这座渔村是有定力的
即使大海最动荡时，也撼动不了它
沉浮的只是船只，只是鱼

如果要去打捞渔村的记忆
可能我会成为一只铁锚
深深地扎在大海和鱼群中

在那些传说中,渔夫成了不朽
成了大海的一部分
而他们不死的灵魂仍屹立在山巅

注:①黄石村曾是虾峙岛上的重点渔村,有"浙江渔业看舟山,舟山渔业看普陀,普陀渔业看虾峙,虾峙渔业看黄石"之说。

河泥漕

清晨,当大海醒来
小小的渔村,在我眼里
是海湾怀抱中的一片净土

海湾蓝蓝的,像打开的书本
大海是书本的扉页,深藏着
丝绸的柔软和少女清澈的眼睛

船只、渔网、铁锚、沙滩、海鸟
游人在海堤上悠闲地散步
一步一步走向内心的奢望

在这里,我想起了"海鸥老大"①
他曾带着全村渔民搏击风浪
在浪岗、海礁外渔场抲大黄鱼创奇迹

渔村的历史，封存在村口的风情馆里
走在村庄，淳朴的渔家生活
就像石墙上的藤蔓，悠闲而散漫

古老的渔村在时光里依旧古老
民宿的兴起犹如插上翅膀
那是梦想的翅膀，比海鸥还要飞得高远

注：①"海鸥老大"郑交夫，生前系河泥漕带头船老大，是享誉舟山渔场的知名船老大，因其勤劳，有"海鸥老大"的美称，1985年被浙江省人民政府授予"劳动模范"的荣誉称号。

独坐山巅看日出

前面是虾峙门国际航道
苍茫的大海上，不时有巨轮驶过
黎明时分，我独坐山巅看日出

海天一线，云层从灰蓝渐至淡红
世界就要接受太阳从东方升起
我的内心澄明而辽阔

没有什么能够阻挡日出大海
无数骏马红色的鬃毛在海面上高扬
那激情点燃每一个生命

太阳像切开的橘子,金灿灿的
新鲜,饱满,孕育着希望
任何言语都是多余的,除了观望

海鸥迎着每一缕新鲜的阳光
在海上飞翔着,多么令人羡慕
朝阳天天照亮它们美丽的羽毛

天空中,金色的潮水向我涌来
万丈光芒里,大海、岛屿一片静谧
世界多好,到处是光明

夜晚看海

夜幕下,坐在民宿靠海的露台上
默默地看海,大海扔给我一片苍茫
像远走他乡的候鸟

前方几座小岛,漂浮在海里
它们生来就是沉默者
即使在黑暗的另一面,也从未醒过

庞大的海,在苍茫中涌动着
波涛汹涌,犹如突围的马群
那是大海在与黑暗势力较劲

我看着海，沉浸在大海深处
想顺着潮流，像鱼般
去探究黑暗中的秘密

在最漆黑的夜晚，大海也自带光环
那些闪烁的鳞光成为四起的渔火
而让我眷顾的是黑暗中的苍茫

如果可以，我想从苍茫中取走一滴水
一滴水，足够以柔软的方式淹没我
让我在其内核，感受盐的纯真

最美公路

岛屿像一只大虾浮游海上
一条长长的栅河线
就是大虾的肠，贯穿全身

如果用脚步丈量栅河线
这是一种海岛慢生活
可以像海风般漫无目的地游荡

一边是青山，一边是碧海
草木和鸟鸣，海湾和渔村
目之所及，迷人得忘了形容词

走走停停,任意挥霍时光
让内心变得从容和淡泊
在每一个转弯,去发现新的美

遇雾天,海雾满山飘
行走在栅河线上
像是在天上,飘飘欲仙

何须远方,行走栅河线
就是最诗意的旅途
一路的惊喜让我来不及全部道出

2024年4月16日—2024年4月19日

蚂蚁岛（组诗）

在渔船码头

在渔船码头，邂逅那一只只铁锚
这经生铁浇铸和钢铁锻打制成的家伙
曾经在不同的海域或港湾用来停船
现在堆放在码头上，是如此安宁
有的铁锈斑驳，没有了昔日的光芒
我知道，铁锚的一生都与渔船相连
铁锚，铁骨铮铮，是大海灵魂的物化
在漫长的岁月，早已融进渔民的骨髓里
铸就了渔民钢铁般的意志，坚毅顽强
此刻，码头上如此多的两爪锚、四爪锚
像列队的士兵，渴望着出征
等待下一个鱼汛期，用自己的生命
顺着渔民开辟的蓝色水道，去征服大海
让死神一次次逼近，又一次次擦肩而过

听老党员讲过去的故事

草绳船、火熄船，是蚂蚁岛红色基因的组成部分

当年，岛上妇女用满腔热情，整日整夜地搓草绳
那搓好的草绳有12万斤重，犹如一座座小山包
用卖草绳的钱打造起了岛上第一艘大捕船
火熄船则是妇女们用铜火熄和金银首饰换来的
有了大捕船，岛上渔民就能叱咤更远的渔场
凭着一双手、一双脚，开山、挖土、运石
300余名妇女仅用16个月筑起千米长的三八海塘
每当海蜇汛，海面上全是漂浮的海蜇
用草绳制作的渔网张海蜇，一网网地捞上来
妇女们在岸上进行粗加工，一直干到天蒙蒙亮
76岁的老党员丁荷叶，只是这些姐妹中的一员
在她的讲述中，没有苦难，只有骄傲和荣光
蚂蚁岛的故事，就像无穷的碧空，远没有尽头

夜宿海边民宿

夜宿海边民宿，想起了马金星作词的《军港之夜》
这首他在蚂蚁岛创作的词，已成为经典
"军港的夜啊静悄悄，海浪把战舰轻轻地摇"
今夜，我就住在岛上离海不到几十米的民宿
我能听到海浪拍打岸堤的声音，轻轻地
仿佛天籁，在岛上的每一个角落响起
推窗见海，近距离凝视，那是另一种土地
初春的月光若隐若现，在海面上自由地奔跑
像无数的银鱼，寻找水道丛生的阔叶林
而我身后的岛屿，沉浸在海风轻拂的夜色中

岛屿志

飞鸟早已飞向后山的樟树林,那里是它们的温柔乡
炊烟将在明晨升起,到那时,船舶启航的汽笛也将拉响
今夜,我要像水兵那样头枕着波浪
在睡梦中,让海水如丝绸般覆盖在我的身上

2021 年 3 月 24 日

登步岛（组诗）

在流水岩山顶

血战登步岛，72年前的那场硝烟已经远去
当我站在流水岩山顶，瞻仰革命烈士纪念碑时
我能感受到，长眠在这里的380名指战员
从来没有离开过，他们齐聚在高高的纪念碑上
当年，在照明弹及竹墙、林桩、铁丝网等障碍间
在集结号角声中，他们冒着密集的炮火，奋勇向前
近战、肉搏，浴血奋战两天三夜，先后歼敌3400余人
到处是血，树上、草上、石上、坑洼里、水塘里
在流水岩、炮台山、野猪塘山、张岗湾山等地
他们的鲜血，在倒下去的时候融入了这块土地
如漫山遍野的映山红，在每年的春天灿烂绽放
他们用年轻的生命，履行了对忠诚的誓言
他们身上散发出的信仰的光芒，是能够穿越时光的
那不朽的精神，是比纪念碑更高的丰碑

在登步岛战役遗址公园

在登步岛战役遗址公园，想起了胡炜将军

想起了硝烟弥漫、尸横遍野的那场战役
枪口冒着青烟，鲜血如流水，天空是血色的
这惨烈的海战，成为将军心头永远的痛
我知道，这参战的数千名官兵，都是你的兄弟
是从战火纷飞中过来的，是为了解放舟山而来
他们在牺牲时握着枪、保持着冲锋的姿势
让你痛心，面对数倍强敌和弹尽援绝的境况
为了持久的胜利，主动撤出战斗成为你的选择
而这也堪称世界战争史上渡海作战中的一个奇迹
"与宝岛人民同在，共碧海青山长存"
将军，这是你亲笔撰写，铭刻在纪念碑后面的对联
如今，你的骨灰撒在了登步和桃花两岛间的海域
将军，你们建立的功绩，如巍峨的昆仑山

登步黄金瓜

登步黄金瓜，是登步岛战役之外这里最响亮的名片了
当历史的硝烟散尽，我在专业合作社的大棚里
看到了黄金瓜，在一条条绿色的藤蔓上
小巧玲珑，让人心生欢喜
如果用心倾听，能听到花开的美妙声音
好山好水才能结出好瓜
神鸡啄来黄金瓜籽只是传说
清道光年间，黄金瓜已在当地种植了
有阳光和泥土就能繁衍生息
此时，在这鳞次栉比的大棚里

等待瓜熟蒂落。那一个个黄金瓜
犹如一块块金灿灿的黄金
闪耀在土地上

穿过石弄塘村

穿过石弄塘村就能看见大海
真的,在登步岛这个静寂的小渔村
不能被表面所看到的事物所迷惑
两侧是山,用乱石筑起来的墙脚
紧锁大门的房屋,堆放杂物的庭院
时光像孩子玩耍的秋千,在这里荡来荡去
石弄塘,在天空的注视下已经沉默太久
我看到洁净的村道、平整的田地
一群鸭子在水塘里感知春水的暖意
油菜花在旷野里竞相开放
更多的种子等待破土而出,点缀春的颜色
有风从东边吹来,那是大海在召唤
穿过石弄塘村,就是世上最辽阔的蓝土地
驾船出海,向海而生

2021 年 3 月 25 日

鲁家峙岛（组诗）

在鲁家峙灯塔

在鲁家峙灯塔鸟瞰沈家门渔港
与在渔港边看渔港
那是有所不同的

一个是全景，桅樯林立，很壮观
一个是局部，几艘渔船，很清晰

在灯塔平台鸟瞰十里渔港
船只进进出出
风吹草动，一目了然
汽笛的鸣响能穿越渔港
像海鸟迎面飞来

在灯塔平台，能把整个渔港
尽收眼底

海洋文化创意产业园

码头、船坞、制冰厂、旧厂房等
曾是岛上渔业生产的组成部分
破旧、颓废,但大海和鱼的气息仍在

8位国际级设计师,以现代艺术为创意
利用这些渔业生产遗迹
打造世界级的文化创意园区

这新的建筑肌理,极具国际范儿
集传统和现代、海洋和艺术于一体
有海钓、帆船、游艇和美术馆

作为渔港小镇的重要区块
承载着的,远比我们看到的
那些物体还要重

在渔港景观带

在渔港景观带散步,能听到
潮水的声音,那是来自渔港的
它一直在奔腾着,只要我倾心去听

离渔港离海水已经很近了

就像景观带上的船桅、船锚、仿古船等
我伸手便能触摸到

坐在渔港边,我享受着海风
静观海鸟在海面上飞翔、追逐
有时还伴随船上机器的轰鸣声

我愿意这样独坐海边
等暮色慢慢围过来
看夕阳将渔港染成金黄色

暮色中的渔港

我坐在渔港景观带
看了看天空,又望了望大海
两者似乎存在某种关联

一只海鸟从滩涂的芦苇丛中飞出
无声地飞向大海
那里有辽阔而又遥远的海平线

出海的渔民,绿色的渔船
惊醒暮色中的渔港
此时,渔民的脸红通通的

夕阳就在海那边的山头上
红彤彤的，它看着我
想把最后的一点光燃尽

2023年3月10日—2024年6月4日

岛屿志

小干岛（组诗）

在海边露营

以帐篷露营的方式
占领小干岛海滨步道
这是时代前行中的一个剪影

在这里，你只需静静地
坐在帐篷下，把身心交给海风
看看远处的岛屿，眼前的大海
天上的飞鸟、云朵
或者什么也不看，什么也不想
坐着，痴痴地出神
任由时间随着阳光去舞蹈
任由海风把你的内心掏空

如果在夜晚，在帐篷里
有个深爱的人陪着你
一起听涛声，看月亮，数星星
那么你就是群岛之上最有福的人

湿地里的黑天鹅

几只黑天鹅,像神的使者
在小干岛一处湿地里格外靓丽
让小岛的春天明艳起来

这神秘的黑天鹅,放下戒备
伸着红色的鸟喙,在水中
浮游觅食,享受悠闲的慢时光

午后的阳光落在黑色的翅膀上
黑得发亮,那里潜藏着飞翔的梦
能够重复祖先的飞行方向

几只黑天鹅在窃窃私语
我想潜入湿地里,从一湾春水中
去感知它们轻飘飘的羽毛

天鹅舞,我曾在剧院里观看过
如此优雅,白天鹅有着少女的纯洁和柔情
而黑天鹅更多的是女王般的艳丽与骄傲

黑天鹅在水面上,张开翅膀
忘情地舞蹈,带着激情和力量
它们突然离去,正如它们的突然到访

黑脸琵鹭站在芦苇丛中

一只黑脸琵鹭站在芦苇丛中
那是落潮后的海滩
黑脸琵鹭凝视着大海
苍茫之中,它看上去有些孤独
这让黑脸琵鹭显得有些神秘

夕阳下,我坐在海滩上
和芦苇一起,等待涨潮

暮色中,黑脸琵鹭飞了起来
它掠过湿地,低低地
白翅膀、黑嘴、黑脚
转眼成为一个符号
消失在我身后岛屿的上空

2024 年 4 月 28 日—2024 年 6 月 4 日

长崎岛（组诗）

如心之眼

高高的摩天轮，在海边
比海鸥飞翔的高度还要高
这容易扩大人的视野

这钢铁构建的白色大圆盘
本身就是一道风景
让岛屿多了几分浪漫气息

风光在俯瞰中不断上升
在90米最高点，时光也停了下来
长崎岛、新城湾，美如斯

夜晚，摩天轮发出的璀璨灯光
变化多端，光芒四射
那里潜藏着岛屿的活力

摩天轮在空中缓缓转动或停着
这一长崎岛的新地标
有个漂亮的名字——如心之眼

如心广场的一匹马

一匹马,从夜色中突围而出
马头高昂,两只前蹄已经腾空
鬃毛飞扬,像是奔跑在草原上
一同奔跑的还有时光

这一匹马,高大,全身漆黑
有着铁的冷峻和刚毅
整个晚上,保持着奔跑的姿态
而那长啸留在了草原上

一群孩子
兴高采烈,个个都想当骑手
马就要带着他们跑起来
跑向令他们向往的辽阔草原

这匹马,让夜色中的如心广场
变得生动起来
仿佛草原就在夜色的幕后
达达的马蹄即将踏响

在浙江海洋大学观樱花节

在浙海大①,枝头上满目的樱花
含苞欲放,那是最令人期待的

像校园里的少女,青涩而又楚楚动人

春风一夜间吻遍万千樱花
绽放的是春色,有着明艳和芬芳
粉白间,无数蜜蜂竞相追逐

樱花,每一朵都那么静、那么美
在时光里,一切皆有宿命
满天的樱花,支撑起浙海大的浪漫

如果樱花也有悲伤和欢喜
那么请把悲伤留给我
把欢喜献给所有参加节庆的人

注:①浙江海洋大学简称浙海大。

在长峙岛看日落

在长峙岛,我与落日相遇
天边的彩霞绚烂得让万物失色
日落大海,有着无限期待

此时,彩霞漫无边际
像火凤凰张开的金色翅膀
大片云朵开始向人世间告别

岛屿志

在岛屿的边缘
眺望大海西边的落日
如同眺望一个鲜活生命的远去

把天空还给漫长的黑夜
把黑夜还给满天的星星
把星星还给浩瀚的宇宙

坐在海堤上，无尽的黑暗
像潮水般漫上来
身后，岛上的华灯慢慢亮起

     2022年10月24日—2024年6月28日

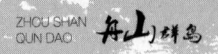

长白岛（组诗）

余家古村

石头屋、石围墙、石台阶、碎石路
蜿蜒的村道、古朴的木门、镂空的隔窗
置身余家古村，仿佛走在二三百年前

这里的原生态仍在流水间沉睡
保存完好的古宅民居，苍翠欲滴的山林
有着世外桃源般的幽静淡雅

晒满一斜坡的玉米，金灿灿的
院落前柿子树上的柿子，沉甸甸的
在这里，每一个转弯都能点亮眼睛

村头，几棵参天古树像老人伫立
盼望着在外打拼的游子回乡
有炊烟升起，村落显得淳朴和温馨

大桥开通后，很多城里人开车
来到古村，拍照，打卡
和旅游接轨，古村正擦出灿烂的火花

碾子坊

在后岸村,有一个大碾子
由石碾、碾盘等组成
据说是清代的,且全省最大

如今,这个大碾子孤零零地躺着
多么落寞,像破旧的碾子坊
冷冷清清,被岁月的尘埃覆盖

昔日,石碾被黄牛拉着或人推着
日夜不停地转动,发出沉重的声响
不知碾碎过多少粗糙的粮食

其间的苦,随着先民们远去了
石碾的心早已冷却
清风明月也难以将它唤醒

在海岛的乡村
有多少这样的石碾
被人遗弃,又让人难以忘怀

白马庙

在海岛的晨曦中,一匹白马
行走在沙塘上,当它

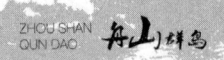

静静眺望大海时，就像一座雕像

这样的场景，只出现在我的梦中
现在，这匹白马已成为神
被当地村民供奉在庙堂之上

快如闪电、扬着长长鬃毛的白马
应该出没在草原上
扬开四蹄，去征服那无边的天际

这传说中在沙塘显现的白马
如天马行空般渡海而来
村民们说，那是神灵派来保佑大家的

200多年前，这匹白马是否出现过
已不重要，如今白马在这里
守着一方百姓，风调雨顺，太平无事

        2023年9月21日—2023年12月5日

岙山岛

远远望去，蓝色苍穹下
一只只白色的巨型储油罐
是岛屿新的景观，因林立而生动

从一桶油开始，建一座石油岛
是借了改革开放的东风
让小岛释放出巨大活力

一座偏僻的岛屿，因港口条件优越
从渔村一跃成为全球最大单体石油岛
任谁恐怕也是难以预知的

年油轮进出数、年油品吞吐量不断刷新
来自国外的石油，再从这里
通过原油管道输向镇海，接轨长三角

石油很金贵，关系国民经济命脉
岙山岛有着世界经济晴雨表的名头
一直在为国家战略石油储备打基础

岛屿的出路，从岙山岛得出结论

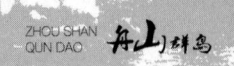

深耕海洋,向海图强

蓝色嬗变,一切皆有可能

2024年6月2日

岛屿志

册子岛

册子是一本打开的书卷
有着厚重的履历
当地渔民在灰鳖洋
用流网捕鮸鱼时
捞起了各类古动物化石
木化石及一亿年前的石化石
几万年前古人就在这一带活动
那些来自远古的问候
似乎让人们感到有些沉重
时光慢了下来
任由山水在岛上寂静
任由鮸鱼在岛边咕咕叫

多少年才能修来的梦啊
一觉醒来,册子岛通大桥了
再一觉醒来,要通铁路了

2024 年 6 月 26 日

里钓山岛

石柱、石横条、石窗、石墙、石门框
这么多的石材砌在一起
建起了鱼鳞状石屋,构成一个古村落

石墙夹着石巷,石巷连着石屋
石屋依着石阶,整个村庄
坚固、厚重,有着大山般的力量

如果我靠近石头,用手去抚摸
能感受到坚韧的质地
能经受住风雨浪涛的侵蚀

每一块石头,都拥有质朴的内心
一如闻姓石匠漂洋过海
择荒岛而居,砌石垒屋,安居繁衍

这里的石头颜色漂亮,石质独特
300多年间开石不止,航海不停
因石而兴,里钓山石板闻名四海

2023年10月9日

富翅岛

我是从富翅岛起步,朝着册子岛方向
踏上桃夭门大桥的
那是舟山跨海大桥通车前夕的一次采风

高耸入云的塔身,大气磅礴的巨龙
带着钢铁的冷峻和坚固
横跨古老的水道要冲,令人震撼
身后的岛屿,默默地托着
东侧主桥桩基,纹丝不动

小岛成驿岛,仍像蝙蝠张开着双翅
孤傲地独立海中,守着本色
如今,桃夭门公铁两用大桥的建设
让富翅岛再次肩负使命和光荣

2024 年 6 月 2 日

五峙山鸟岛

猛然间,上万只海鸟一起掠过低低的山岗
在岛屿的上空盘旋着,又向着海面飞舞而去
轻盈,自如,无数张开的翅膀,抖动着金色的阳光

海鸥、白鹭,栖息在悬崖峭壁、树枝和灌木丛中
密密麻麻的,将褐色和青翠点缀成一片白色
小小的海鸟张开翅膀,向着天空,无数次地练习飞翔

灰鳖洋上的五峙山,七座无人岛屿像七星散落
那是鸟的天堂,那是我梦见的大海、岛屿
以及没有伪装的、不戴面具的无数海鸟

在这里,我的视线始终追不上一只飞翔的海鸟
一群又一群的海鸟,从我的头顶飞过
它们的叫声是如此有力,像是要把涛声给淹没了

季节的深处,最终的归宿会成为
海鸟飞越的方向,哪怕在茫茫的归途中
流尽最后一滴血,也要带着梦想

2021年6月10日

马峙岛

依靠近海张网作业，200年前
一群来自镇海的渔民在岛上建起了渔村
独立海边，守望着对岸沈家门的繁华

当渔业衰落，当船厂、冰厂造起来
岛屿败给了时间，败给了现代化工业
这是岛屿的宿命，不可逆转

填海造涂，已和小干岛连在一起
事实上，马峙岛还是独立的
每一座岛屿，天生就是特立独行的

在大海的身体里，岛屿被包围着
岛屿的骨骼依旧
岛屿的面孔像远处隐现的大海

渔村仍在，渔民还拥有波浪和鱼
还拥有动荡和风险
还能在大海上挥洒生命和激情

2024年6月28日

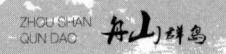

黄兴岛

中街山渔场是鱼群的家园
那么多鱼都在那里潜伏
离黄兴岛不远的海域，就能捕鱼

在风暴的喘息中，也能出趟海
亮亮渔者的肌肉和意志
这些犹如早已远去的渔谣

岛上的老渔民，像颓废已久的
渔船、渔网、灯具和盛鱼器具
像生锈的铁锚，失去往日的锐利

鱼的鳞片，早已在岛上腐烂
只有盐粒的结晶在暗处发光
那里隐藏着大海的涛声

大海是不会轻薄岛屿的
一直在用海水喂养着岛屿
像喂养一只栖息在大海上的鸟

汛期已至，桅杆在张望着

期待再次出海，开赴渔场
那里有渔者的全部骄傲

2024 年 6 月 26 日

西闪岛[①]

舟山海域的很多鱼虾
来自西闪岛,是实施增殖放流的结果

西闪岛是鱼虾蟹贝的摇篮
从黑鲷、南美白对虾、石斑鱼、大黄鱼
到日本黄姑鱼、曼氏无针乌贼、小黄鱼
人工繁育技术不断突破
那里有着修复振兴东海渔场的梦想

那一池池孵化出来的鱼虾苗
密密麻麻的,多得无法估量
在水里游动着,有着旺盛的生命力

我常常梦见那一池池的鱼虾苗
在辽阔的大海里畅游着
那里是它们的故乡

注:①西闪岛,无常住居民,岛上建有浙江省海洋研究所海洋生物研究基地和海水增养殖试验基地。

2024年6月26日

莲花岛

一二三四五六七八九十……
这么多的罗汉，多得数不过来
在长长的堤岸和潮涨潮落的礁石上

形骨奇特，姿态不拘，随意自在
在莲花岛，罗汉是如此亲民
高僧大德，禅意像海风般缭绕着

日月间，罗汉守着莲花洋
远离红尘和喧嚣，不喜不悲
清修梵行，让自己变得睿智安详

面对罗汉，我要放下尘世的沉重
用佛光来照亮生命暗处的尘埃
守得住寂寞，守得云开见日出

朱仁民，这座小岛的打造者
像个苦苦修行的罗汉，坐在大地上
远眺莲花洋上的普陀山，陷入沉思

2022年12月6日

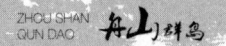

鱼山岛[1]

一条大鱼跃出东海,停在灰鳖洋北翼
以其脊背上一座座高塔矗立直穿云霄震惊于世

塔林、罐区、装置群高低错落,从海平面上升起
钢架结构,大大小小的炼化管件、设备
纵横的管线网,巨大的原料罐、成品储罐
不锈钢的球形罐体,炼油和化工的塔釜
那规模那气势,仿佛是《星球大战》中的某个场景

鱼山岛的幽静与孤僻,早已被时间之手抹去
石油炼化,这里承担着国家战略使命
在大海奔腾之上,鱼山岛是生动的
那流动的黑色血液,有着蓬勃生机
这是人类梦想的高度,是现实版的海市蜃楼

在曦光中,我要像海鸟那样掠过被金色唤醒的岛屿
把这里的一切尽收眼底,送出世上最美好的祝愿

注:①鱼山岛,现已整体移民,移山填海,桥连舟岱,已建成世界第二、亚洲第一的绿石化工之城。

2024年6月10日

大岠山岛

我喜欢这里的清晨和黄昏
晨曦是如此明亮，落日是如此壮观
多么纯粹，在日月轮回间

在岛上，一只海鸟飞过，不留痕迹
一群红钳蟹在滩涂上爬行着
更多的草木默默地坚守四季

东山咀上的灯塔，每个夜晚
点亮龟山航道，那里有船只出没
犹如海神眷顾着航行者

那些远行的和归来的船只
是岛屿放飞的风筝
有着渔家人深深的乡愁

潮涨潮落，岛屿还将在潮汐奔腾中
倾听震耳欲聋的呐喊
那里蕴藏着时代的蓝色期盼

2024年6月28日

官山岛

千百年来,岛屿寂寞得太久
岛屿的寂寞远比大海的寂寞还要深
每一片泥土、每一块礁石
都被铭刻上寂寞
大桥开通的那一瞬
足够让官山岛抱着大海痛哭一场

我坐着汽车,从高亭前往秀山
先经官山大桥,后经秀山大桥
这小小的岛屿,如今作为疏港公路
曾有的喜悦早已复归最初的宁静
就像岛上的庄稼和草木
该怎样生长就怎样生长

2024年6月28日

花鸟岛

花鸟岛,拥有两个美好的字
花鸟更是两个符号、两种物体
这样更生动、更准确

花鸟,植物和动物的组合
多么美妙,让花鸟生死相连
我愿意亲近岛屿,和花鸟在一起

花鸟岛,那是我梦中的岛屿
有大海,有渔村,有礁石,有鸥鸟
有晚归的渔船和夜空中闪烁的灯塔

风吹花鸟,一切比想象中来得美
连一草一木都让人如此惊艳
我只有把内心的激动悄悄收起

多少人倾心花鸟岛,穿过浪涛
奔赴而来,只为了看上一眼
像看望思念已久素未谋面的恋人

在祖国东面的海域

花鸟岛像块翡翠,和时光对峙着
将自己的一生交给浩瀚的大海

2024 年 6 月 26 日

绿华岛

踏上绿华岛,那年我20岁
刚参加工作
那时的绿华岛人气高涨
东绿华,西绿华,满是烟火
靠海而生的渔家人,豪情万丈
端上桌的,大盆的鱼,大盆的螺
再敬上大碗的酒,让我终生难忘

这么多年过去了
我再也没有踏上绿华岛
只听说随着渔场的衰败
年轻人都进城了
只剩下老年人留守家园
碧海中的绿华岛
独自守着孤寂,守着海洋
如今,我只能在舟山本岛上
朝着东北偏北的方向
把你遥望,把你思念

2020年1月1日

壁下岛

这里的岸崖，有些荒凉和贫瘠
岸崖上，就一条缝隙，一丁点泥土
雨水也很少，石岩草从石头的缝隙里
钻出来，一点一点地长起来
再苦再难，也要长成一棵草
绿绿的，点缀着光秃秃的岸崖

岸崖临海，高高的，风很大
人站在那里，像是要被吹落
从一粒种子开始，长成现在这样子
石岩草已经十分不易，在岸崖上
这绿色的植物，朴实、坚韧
向着大海，努力保持向上的姿态

这是在壁下岛我所看到的
当地人告诉我，那草能清热
去火解毒，是海岛人的一味良药
这让我想起了钟杏菊①
40多年坚守孤岛悬壶济世
那要比石岩草更朴实、更坚韧

注：①钟杏菊，曾为壁下岛驻村医生，坚守小岛40多年，为群众送医送药、解除病痛，获评2012年第八届"中国医师奖"，当选党的十八大代表。

2024年6月10日

浪岗中块岛

东部偏东。再向东,就是太平洋
穿过飞鱼、追逐的鸥鸟和万顷碧波
在曾盛产舟山带鱼之地
在无风三尺浪、有风浪过岗的列岛
是舟山群岛最东端的住人岛屿
"带鱼两头尖,勿离海礁边,
要吃鲜带鱼,还在浪岗边。"
流传数百年的渔谚
随着渔业资源的衰退
浪岗山附近洋面
冬季围捕带鱼的热闹场景
如今不再有

浪岗中块岛,彼岸花开得鲜艳无比
像大海上每天升起的太阳
我两手空空,我的祝福高过涛声
彼岸,此岸,花开生命的两端

2024年6月25日

灯塔赋

在打开的灯塔日记里
我看到其中一天工作的部分
简洁明了,多像诗歌的语言
这只是一个诗人的感受
而灯塔工需要在黑夜里
用眼睛去追逐进出的船只
用光明去照亮前方的航道

——《下三星灯塔》

灯塔赋

花鸟山灯塔①

灯塔就在那里，耸立在海边
在悬崖峭壁处，当我走近它时
我比赫德晚来了150多年

我看到的是黑白两色的塔身
而灯塔的身世和沧桑
厚重得让我只能默默地仰望

花鸟山灯塔，它是打开
舟山海域黑暗之门的钥匙
此后有了更多灯塔之光穿透夜海

灯塔的出现，意味着
需要把海上潜在的危险化解
卸下豺狼般的风浪、迷雾和礁石

海天之间，孤岛上的灯塔和守塔人
早已塔人一体，守塔人
有着灯塔般的钢铁意志

他们要与拍岸的惊涛相伴

要与呼啸的暴风骤雨搏击
要与流逝的蹉跎岁月厮守

在每一个夜晚，他们放飞
手中的光芒，像放飞无数的蜜蜂
飞向黑暗中的大海，飞向航海者

灯塔的命运写在时代的车轮里
当花鸟岛成为网红打卡地
灯塔也成为岛上最美的风景

注：①舟山海域是我国最早设立灯塔的海域之一，舟山群岛现存这批百年灯塔大多建于英国人赫德任清政府的海关总税务司期间。花鸟山灯塔始建于1870年，有"远东第一灯塔"之称。

2024年4月23日

灯塔赋

白节山灯塔

和老灯塔工叶中央①相遇是在白节山岛上
我知道,他是白节山灯塔的标志
他把漫长的一生都写进了灯塔
以至退休多年后
灯塔仍时常出现在他的梦境里

他说自己上灯塔时
已经是他家的第三代灯塔工了
第一代是他的爷爷
在白节山灯塔建成时就成了灯塔工
是中国的第一代灯塔人
而作为第二代灯塔工的父亲
在他5岁那年为保护守塔用船
被风浪夺走了生命
在他9岁那年,爷爷带他来到灯塔边
到他19岁那年选择守塔时
他说爷爷当初带着他,在他看到灯塔的一刹那
高高的灯塔就像铁锚一样扎在他的心头
注定了他与灯塔将厮守终生
他永远无法原谅的是
1971年春节前夕,妻子和小女儿乘船来灯塔

结果在海上遭遇风浪,船翻人亡
这成为他心头永远的痛
他说这在他选择灯塔时就注定了
灯塔工注定要付出
注定要承受牺牲
但他不愿就此离开灯塔
他始终记着一句话:
"灯塔工人在,灯塔就要亮起来。"
就像战士打仗一样,人在阵地在
他仍旧在每一个夜晚放飞希望之光
后来他的大儿子接了他的班
上岛做了一名灯塔工
他说这不单是为了灯塔世家的荣誉
更多的是出于对灯塔的情怀

在老灯塔工平静的叙述里
我只有眼含泪水默默地倾听着
而那次相遇是在2003年的夏天
后来,我在媒体上得知
他的孙子10年后也成了一名灯塔工
5代人守灯塔,时间长达140多年
而灯塔世家的故事还在延续着
还在照亮着世人的心灵航道
这让我面朝东海时
只要想到白节山灯塔
就会想起老灯塔工叶中央
就会泪流满面

注：①叶中央，白节山灯塔原主任，先后被授予"全国最佳灯塔工""全国劳动模范"等称号，曾受到党和国家领导人的亲切接见。1998年，以他为原型的电影《灯塔世家》公映。

据甬派客户端2024年5月8日报道，叶中央于2024年5月8日早晨7时逝世，享年85岁。

2021年5月13日初稿

2024年5月8日修订

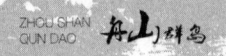

鱼腥脑岛灯塔

火山列岛极西太辽阔了,大海之上
连视线也无处停放
只有鱼腥脑岛之巅的黑色灯塔
可以让海鸟落下栖息

与灯塔相伴的,是岛屿
是海洋,是海风,是海鸟
是来来往往进出航道的船只
是灯塔孤独又寂寞的灵魂

当黑夜来临,船舶通过航道时
灯塔的眼里有了无限柔情
在一闪一闪地打着招呼
那里有船员的渴望在流淌

灯塔是航行史上的一座丰碑
在成型块石砌筑成的百年塔身上
铭刻着不朽的无字史诗
那是献给守海人的

2024 年 4 月 8 日

洛迦山灯塔

一座山,以卧佛的姿势躺在海上
一座灯塔,就建在这座山上

洛迦灯火[①],因塔灯而闻名
洋鞍渔场曾是冬季带鱼旺发地
沿海10余万渔民前来捕捞
夜幕下,万船桅灯齐亮
加之灯塔红白聚光照射,堪称海中奇观

作为国际航标灯塔,为的是指引航向
就像明万历年间,洛迦山高悬一灯
在夜里,灯光明耀,透彻夜空
这灯火,犹如观音菩萨的无量智慧光明
给航海人以温暖,以方向

洛迦山灯塔历经百年沧桑变迁
扼守着古老的水道和自己的内心
日落时亮,日出时熄
让航行者的梦想继续着
去征服更远更广阔的大海

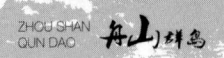

这红白横纹相间的圆形灯塔

在五星红旗迎风飘扬中，变得生动起来

注：①"洛迦灯火"是旧时普陀山十二景之一。1988年5月1日，洛迦山灯塔正式对外开放，成为"海天佛国"胜景之一。

2024年4月8日

灯塔赋

东亭山灯塔

在洋鞍渔场中心,在鱼的腹地
小小的东亭山岛上
有一座灯塔
蓝色是大海的基调
适合诗人用来抒情和浪漫
而对于灯塔工来讲
每天面对浩瀚的蓝色
是最无聊、最枯燥的事
那无穷的寂寞,是挥之不去的影子
比星辰大海还要广袤

我知道,曾有一群灯塔工
在这个无风也起三尺浪的地方
用生命的火花点燃闪烁的塔灯
有一次台风,海浪从房顶、塔顶打过
击碎了百叶窗,揭走了房顶
山顶上万斤重的雾号被掀翻
路边半寸粗的铁栏杆被齐根切断
有时补给船靠不上岸,就把蔬菜
往浪尖上扔,能捞到多少是多少
在岛上待久了他们都有些腼腆、口讷

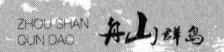

有一个进城遇着红绿灯还差点出车祸
有一次台湾海峡的地震使东亭山摇晃
他们的第一反应是灯塔还亮着没有

鱼群出没的洋鞍渔场
这座百年灯塔像一根擎天柱
在群岛东航路的航道上十分夺目

            2024年4月10日

灯塔赋

下三星灯塔

一座小岛,一座灯塔,几间房屋
几个人,一条狗,一群山羊
这就是我眼中的下三星灯塔

0:35,有一艘货轮驶过
1:27,有一艘货轮驶过
3:53,有一艘货轮驶过
在打开的灯塔日记里
我看到其中一天工作的部分
简洁明了,多像诗歌的语言
这只是一个诗人的感受
而灯塔工需要在黑夜里
用眼睛去追逐进出的船只
用光明去照亮前方的航道

在下三星,这些灯塔工让我动容
岛上没有卫星电视
狗是他们最亲密的朋友
而那些满山跑的山羊
是他们放牧的希望之星
他们把梦想都埋藏在心底

把自己炼成灯塔般的钢筋铁骨
日复一日、年复一年地点灯
只有台风来临的消息
能让他们内心泛起一点涟漪

他们守望着百年灯塔
守望着这片海域,守望着来往的船
漫长的一生,耗尽在无穷的守望中

2024 年 4 月 15 日

灯塔赋

小龟山灯塔

小龟山像浮在海面上的大鲸
那黑色的脊背上,是黑色的灯塔
像大海上的黑精灵,令人瞩目

在岛上,无论是晴天还是阴天
只有灯塔和它的影子
寂寞得想呐喊,想打破大海的宁静

从旋转明灭灯,到棉花火药雾炮、气压雾笛
从有人看守,到无人值守
小龟山灯塔,浓缩着浙江海域灯塔的历史

灯塔,当初像志存高远的青年
海天之间,守着天风海涛
如今已功成名就,仍不忘初心

140多岁,灯塔似乎要把自己活成传说
在小板门水道,白天听涛、看云
晚上如星星般眨眨眼,航道就被照亮了

2024年4月3日

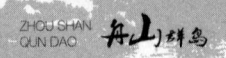

太平山灯塔

110多年过去了,太平山灯塔
仍屹立在大鹏岛西北角的裂表嘴上
漫漫长夜里始终照耀着大海

大鹏岛是我的故乡,小时候
就知道有这么一座灯塔
也知道它是我的同乡前辈①建造的

遥想当年,在这荒芜之地建灯塔
那是何等艰辛
而父子接力建灯塔,又是怎样的信念

航道不绝,灯塔不灭
有了灯塔,黑暗的海域被照亮
过往的商船、渔船免遭触礁沉没之险

百年间,草木皆成过眼烟云
只有灯塔,见证着曾经的传奇
点亮一个乡村的未来

杨氏父子,你们就是高高的灯塔

灯塔赋

在大鹏岛，在故乡的山头
如塔灯般照耀着后来的乡亲

那是我梦中的灯塔
需要用一生的时光
走近它，那里有永不熄灭的光芒

注：①1902年，从事航海业的大鹏岛人杨希栋开始募资建灯塔，1906年灯塔建成，塔为砖垒，内燃植物油灯，开了舟山私人建灯塔的先例。1933年，杨希栋之子杨圣波继承父志，花万余银圆改建灯塔，塔用水泥改筑，圆柱形，高8.9米，光源由油灯改装为汽油灯。2005年，太平山灯塔进行了自动化改造，并保留灯塔历史原貌。

2024年4月7日

唐脑山灯塔

唐脑岛，在大海中像块巨石
在这巨石上，灯塔是高高在上的神
俯视着那条进出沪甬的海路

百年时光，仍没有耗尽灯塔的激情
我相信，它发出的光
带着热烈和爱

大海之上，多么美好
圆形钢质的塔身，坚固、刚毅
如一道风景，令岁月无法摧毁

天空像一本经书，每天翻开着
灯塔读着大海、船舶和寂寞
任由风帆远去，海面风平浪静

现在，灯塔正对着辽阔的海洋
等夕阳的余晖慢慢过来
在暮色中，灯塔准备上岗了

2024年4月3日

灯塔赋

半洋礁灯塔

一块出水的礁石
一座黑色的灯塔
成为我永恒的记忆

岩石上,没有一片泥土
更没有淡水水源
只有高高的黑色圆形灯塔

这座灯塔曾经有两个看守
长年累月生活在灯塔里
像是住在石头砌成的牢笼里

碰上天旱不下雨
补给船因大风无法靠岸送淡水
守灯人的喉咙里会冒出火来

半洋礁实在太低太小了
遇上刮大风,浪花常常
从岛的这边打到岛的那边

半洋礁灯塔像枚钉子

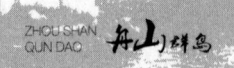

钉在白节峡水道上
120年了，仍没有生锈

2024年4月9日

后记

舟山群岛是我生于斯长于斯的家园。

我出生在大鹏岛。从出生起，就注定了我这辈子和群岛是紧紧连在一起的。

我一直生活在群岛上，除了有限的外出学习、开会、采访、旅游和探亲。曾经生活、读书和工作过的岛屿有：大鹏岛、舟山本岛、岙山岛、金塘岛、西蟹峙岛。55年过去了，我依然在舟山本岛上生活、工作着。

小时候，对舟山群岛基本没有概念，只是觉得出个岛很不方便，无论是去对面一江之隔的沥港镇，还是去更远的定海城，来来回回都需要乘船。读书后，才知道舟山群岛在东海之上，并且由那么多的岛屿组成。后来也陆续到过一些岛屿，如鲁家峙、普陀山、长峙、册子、虾峙、青浜、岱山等，但数量不多。

成为记者后，我经常下海岛、下渔农村采访，这也是我所喜欢的。因为新闻的富矿在基层，在海岛，在渔农村，在厂矿企业，在火热的生活中，在人民群众的创造中。只有深入基层，才能找到鲜活的新闻素材，找到新闻取之不尽、用之不竭的源泉。同时，深入海岛，深入渔农村，能直接倾听群众的呼声，了解群众的疾苦，体察群众的情绪，反映群众的要求和愿望。作为记者，除了尽情地讴歌时代，真实地记录历史，更有责任努力为人民服务。从事新闻工作30多年，舟山1390个岛屿中，住人的有100个左右，大部分我都到过。

岛屿成为我生命中的一个情结。这些大大小小的岛屿，在东海之上，像一块块绿色的翡翠，散发着迷人的光芒。它们静静地散落在那里，以各自的方式经受着沧桑巨变，书写着各自的历史。由于岗位调整的关系，这几年我下海岛少了。希望在有生之年，能踏上那些没有到过的住人岛屿。

近几年，舟山海岸线诗社每年组织采风活动，下海岛，下渔农村，采风结束后要交"作业"，这使得我每次都努力创作，尽可能多写点。写着写着，也萌发了想用诗歌的方式来写舟山群岛的念头，把我所到过的岛屿都用诗歌来呈现。在30多年的诗歌写作中，我一直把海洋题材作为重点，写下了大量有关海洋、海岛的诗歌，但这是零碎的、缺乏系统性的创作，而且写岛屿的诗歌占比也不大。这次围绕舟山群岛这一主题进行创作，还是第一次。

舟山是国家级新区，也是中国浙江自贸区的重要组成部分，现正大力推进海岛特色共富实践，全域推进海上花园城市建设，加快取得现代海洋城市建设更大成果，在奋力推进中国式现代化新征程上勇当先行者、谱写新篇章。在建设现代海洋城市中，文化同样具有举足轻重的地位。

舟山有着丰富的海洋文化底蕴和深厚的历史文化内涵。舟山群岛是全国最大的群岛，舟山渔场是全国最大的渔场，沈家门渔港是世界三大群众性渔港之一，普陀山是全国四大佛教名山之一。随着舟山海洋经济的快速发展，重点产业功能岛的加快建成，"小岛你好"海岛共富行动的深入实施，一些传统的海岛正在发生深刻的变化。有许多以前默默无闻的小岛，现在一下子成了船舶工业岛、绿色石化岛、港口物流岛、油品储运岛、矿砂中转岛、网红旅游岛等。时代在变化，

后记

世界在前行，我需要寻找更为适合的方式来书写舟山群岛。

我始终相信海德格尔的一句话："凡没有担当起在世界的黑夜中对终极价值的追问的诗人，都称不上这个贫困时代的真正的诗人。"一个真正的诗人必须具有社会责任感。要关注现实，关注时代，要承担起时代歌手的责任。以诗歌的形式，通过个性化的语言，深入挖掘舟山历史文化内涵、海洋文化底蕴和舟山建设中人民群众的伟大创造，来弘扬时代主旋律、反映时代精神，讴歌改革开放成就、新区发展的生动实践。

当然创作需要的是一种全新的发现。这就需要沉下去，深入岛屿，从每一个岛屿中去发现和提炼创作的素材，并在创作中不断去完善。毕竟每个岛屿的历史不同，发展现状也不同。如果一味沉湎于经验式的写作，其结果肯定是脱离现实的。要真正了解海岛的变迁、海岛人民的生存现状和命运沉浮，必须与所要写作的岛屿建立起深厚的感情，深入地观察，深刻地体验，不断地提炼创作素材，才能为每个岛屿写出"量身定制"的作品。这对我来说，也是诗歌创作的一种尝试和探索。以个体生命的历程和体验，来表达自己真实的心灵感受，创作的诗歌尽可能阳春白雪与下里巴人共赏，让更多的人接受，并产生共鸣。

最后来说说这本诗集，里面所选的150首诗歌，是我在2020年以后全新创作的作品，其中大部分是近两年创作的。

舟山群岛这一主题比较大，限于篇幅，我只能以岛屿、百年灯塔为视角，来展现舟山海洋文化的独特魅力和鲜明特征，揭示舟山群岛蕴藏的诗意，尽可能让诗集散发出具有"舟山精神"的时代气息。至于与海洋相关的海、鱼、鸟、人，以及海岛生活和感悟等内容，只能留给正在创作的诗集《大海笔记》了。

这本诗集共三辑，分别为：群岛颂、岛屿志、灯塔赋。

群岛颂：用一首长诗来反映舟山丰富的海洋文化底蕴和深厚的历史文化内涵，讴歌舟山群岛在改革开放以来，尤其是在"八八战略"指引下所取得的伟大成就。

岛屿志：选取的岛屿，包括两批"小岛你好"海岛共富行动的17个示范岛、定海南部诸岛，以及六横、金塘、衢山、普陀山、朱家尖、长涂、洋山、岱山、泗礁、桃花、虾峙、登步、鲁家峙、小干、长峙、长白、岙山等岛屿，基本上涵盖了舟山主要岛屿和特色岛屿，通过一组诗或一首诗的方式，来反映这些岛屿的风土人情、海洋文化、建设开发、生态文明、群众生活状况等，以及探索具有舟山特色的海岛共富之路的生动实践。

灯塔赋：灯塔也是舟山群岛的组成部分。目前，浙江海域百年以上历史的灯塔有14座，其中在舟山境内的就有10座，分别是：花鸟山灯塔（1870年建造）、白节山灯塔（1883年建造）、鱼腥脑岛灯塔（1872年建造）、洛迦山灯塔（1890年建造）、东亭山灯塔（1907年建造）、下三星灯塔（1911年建造）、小龟山灯塔（1883年建造）、太平山灯塔（1902年建造）、唐脑山灯塔（1907年建造）和半洋礁灯塔（1904年建造）。这些百年灯塔既是全国重点文保单位，也是"海上丝绸之路"最好的见证者。浙东沿海灯塔被舟山市确定为"海上丝绸之路"申遗点之一。希望以诗为媒，让我们把更多目光投向它们。

舟山群岛是我生活的家园，也是我文学创作的根。诗集《舟山群岛》是我阶段性的一次主题式写作，它将在我诗歌写作生涯中留下浓墨重彩的一笔，因为这是我献给家园的心声，

后记

献给舟山解放75周年的礼物。

最后,感谢中共舟山市委宣传部的支持,感谢舟山市文联和舟山市作协的推荐,使这本诗集入选2024年舟山市文艺精品创作扶持项目。感谢摄影家迟名尊先生为封面设计所提供的有关舟山群岛海山风光的航拍图。并向生命历程中给予我关爱和帮助的人们表示由衷的谢意!

在群岛之上,诗意地栖居,度过生命中的每一天!

姚碧波

2024年7月1日写于舟山群岛